AF185879

Tucholsky   Wagner   Zola   Scott   Sydow   Schlegel
    Turgenev   Wallace   Fonatne   Freud

         Twain   Walther von der Vogelweide   Fouqué   Friedrich II. von Preußen
                        Weber   Freiligrath   Frey

Fechner   Fichte   Weiße Rose   von Fallersleben   Kant   Ernst   Frommel
                                                                      Richthofen
         Engels   Fielding   Hölderlin
    Fehrs   Faber   Flaubert   Eichendorff   Tacitus   Dumas

Feuerbach   Maximilian I. von Habsburg   Fock   Eliasberg   Zweig   Ebner Eschenbach
                        Ewald   Eliot   Vergil
         Goethe   Elisabeth von Österreich   London
Mendelssohn   Balzac   Shakespeare
                        Lichtenberg   Rathenau   Dostojewski   Ganghofer
    Trackl   Stevenson   Doyle   Gjellerup
Mommsen   Tolstoi   Hambruch
         Thoma   Lenz   Hanrieder   Droste-Hülshoff
Dach   Verne   von Arnim   Hägele   Hauff   Humboldt
         Reuter   Rousseau   Hagen   Hauptmann
    Karrillon   Garschin   Gautier
         Damaschke   Defoe   Hebbel   Baudelaire
                        Descartes   Hegel   Kussmaul   Herder
Wolfram von Eschenbach   Dickens   Schopenhauer
         Bronner   Darwin   Melville   Rilke   George
         Campe   Horváth   Aristoteles   Grimm Jerome   Bebel   Proust
Bismarck   Vigny   Barlach   Voltaire   Federer   Herodot
                        Gengenbach   Heine
    Storm   Casanova   Tersteegen   Gilm   Grillparzer   Georgy
         Chamberlain   Lessing   Langbein   Gryphius
Brentano   Lafontaine
    Strachwitz   Claudius   Schiller   Kralik   Iffland   Sokrates
         Katharina II. von Rußland   Bellamy   Schilling
                        Gerstäcker   Raabe   Gibbon   Tschechow
Löns   Hesse   Hoffmann   Gogol   Wilde   Gleim   Vulpius
    Luther   Heym   Hofmannsthal   Klee   Hölty   Morgenstern
         Roth   Heyse   Klopstock   Kleist   Goedicke
Luxemburg   La Roche   Puschkin   Homer   Mörike
    Machiavelli   Horaz   Musil
Navarra   Aurel   Musset   Kierkegaard   Kraft   Kraus
    Nestroy   Marie de France   Lamprecht   Kind   Kirchhoff   Hugo   Moltke
    Nietzsche   Nansen   Laotse   Ipsen   Liebknecht
         Marx   Lassalle   Gorki   Klett   Ringelnatz
    von Ossietzky   May   vom Stein   Lawrence   Leibniz
Petalozzi   Platon   Knigge   Irving
    Sachs   Poe   Pückler   Michelangelo   Kock   Kafka
         de Sade   Praetorius   Mistral   Liebermann   Korolenko
                                    Zetkin

Der Verlag tredition aus Hamburg veröffentlicht in der Reihe **TREDITION CLASSICS** Werke aus mehr als zwei Jahrtausenden. Diese waren zu einem Großteil vergriffen oder nur noch antiquarisch erhältlich.

Symbolfigur für **TREDITION CLASSICS** ist Johannes Gutenberg (1400 — 1468), der Erfinder des Buchdrucks mit Metalllettern und der Druckerpresse.

Mit der Buchreihe **TREDITION CLASSICS** verfolgt tredition das Ziel, tausende Klassiker der Weltliteratur verschiedener Sprachen wieder als gedruckte Bücher aufzulegen – und das weltweit!

Die Buchreihe dient zur Bewahrung der Literatur und Förderung der Kultur. Sie trägt so dazu bei, dass viele tausend Werke nicht in Vergessenheit geraten.

Viel Lärmen um Nichts

Joseph Freiherr von Eichendorff

Impressum

Autor: Joseph Freiherr von Eichendorff
Umschlagkonzept: toepferschumann, Berlin

Verlag: tredition GmbH, Hamburg
ISBN: 978-3-8424-0711-4
Printed in Germany

Text der Originalausgabe

Viel Lärmen um Nichts

Wenn wir Schatten euch beleidigt,
O so glaubt – und wohl verteidigt
Sind wir dann –, ihr alle schier
Habet nur geschlummert hier
Und geschaut in Nachtgesichten
Eures eignen Hirnes Dichten.

Shakespeares Sommernachtstraum

»Wem gehört der prächtige Palast dort unten?«fragte Prinz Romano, auf dem schlanken Engländer nach seinen Begleitern zurückgewandt, indem sie soeben auf einer Höhe aus dem Walde hervorkamen und auf einmal eine weite, reiche Tiefe vor sich erblickten. –»Dem Herrn Publikum!«erwiderte ein schöner Jüngling aus dem Gefolge. –»Wie! Also hier wohnt der wunderliche Kauz? Kennst du ihn denn?«rief der Prinz verwundert aus. –»Nur dem Rufe nach«, entgegnete der Jüngling, sichtbar verwirrt und mit flüchtigem Erröten. Die untergehende Sonne beglänzte unterdes scharf die schönsten Umrisse des Palastes; heiter und wohnlich erhob er sich über die weiten, fruchtbaren Ebenen, mit den Spiegelfenstern noch hell herüberleuchtend, während die Felder ringsum schon zu verdunkeln anfingen. Ein schöner Garten umgab das Schloß und schien im Abendduft mit der Landschaft und dem schimmernden Strome bis weit an die fernen blauen Berge hin zusammenfließen.

»Göttliche Ironie des Reiselebens!«sagte der Prinz zu seinen Begleitern.»Wer von euch hätte nicht schon sattsam von diesem Publikum gehört, über ihn gelacht und sich geärgert? Es juckt mich lange in allen Talenten, ihm einmal ein Schnippchen zu schlagen, und wenn es euch recht ist, so sprechen wir heute über Nacht bei ihm ein. Laßt mich nur machen, es gibt die köstlichste Novelle!« – Der Einfall wurde von der ganzen Gesellschaft mit lautem Beifall aufgenommen, und alle lenkten sogleich der breiten, glänzenden Kunststraße zu, die nach dem Palast zu führen schien.

Es war anmutig anzusehen, wie die bunten Reiter beim Gesang der Waldvögel langsam die grüne Anhöhe hinabzogen, bald zwischen den Bäumen verschwindend, bald wieder vom Abendrote hell beleuchtet. Am wohlgefälligsten aber spielten die Abendlichter über der zierlichen Gestalt jenes schönen Jünglings, der vorhin dem Prinzen den Besitzer des Palastes genannt hatte. Der muntere Bursch, soeben als ausgelernter Jäger aus der Fremde zurückkehrend, hatte sich im Gebirge verirrt. So traf ihn die Gesellschaft im Walde, welcher er sich nun auf einige Tagereisen angeschlossen. Sein frisches, fröhliches Wesen schien den ganzen bunten Trupp wunderbar zu beleben. Denn während seine Augen mit schalkischem

Wohlgefallen auf den vornehmen Anführern des Zuges ruhten, führte er hinten ein unausgesetztes Witzgefecht mit den Jägern oder er sang zu allgemeinem Ergötzen die herrlichsten Jagdlieder. Der Kammerherr des Prinzen schrieb die Lieder sorgfältig auf und ärgerte sich dann, wenn der Bursch sie das nächstemal wieder ganz anders sang, so daß er mit Notieren der Varianten gar nicht zu Ende kommen konnte. – Der Prinz aber hatte seine eigenen Pläne dabei: er gedachte sich des hübschen, gewandten Jungen in den nächsten Tagen als Pagen und Liebesboten sehr vorteilhaft zu bedienen. Die junge Gräfin Aurora nämlich, von deren poetischen Natur und Zauberschönheit bei allen Poeten im Lande groß Geschrei war, wurde aus Italien auf ihren Gütern in dieser Gegend hier erwartet, und Romano war soeben aufgebrochen, die Wunderbare kennen zu lernen und ihr auf seine Weise den Hof zu machen.

Es war schon dunkel geworden, als die Gesellschaft fröhlich schwätzend in dem Park des Herrn Publikum anlangte. Mit Verwunderung gewahrten sie hier, je tiefer sie hineinritten, eine unerklärliche Bewegung und Unruhe; es war, als rührten die Gebüsche sich ringsumher in der Dämmerung, einzelne Figuren schlüpften hastig da und dort hervor, andere schienen erschrocken dem Schlosse zuzueilen. Jetzt sahen sie auch in dem Palaste Lichter durch die ganze Reihe der Fenster auf und nieder irren, eine halberleuchtete Krone drehte sich oben, bald noch eine und wieder eine. Auf einmal stiegen draußen mehrere Leuchtkugeln empor und ließen plötzlich in wunderbarem, bleichem Licht eine stille Gemeinde fremder Gesichter bemerken, die fast gespensterhaft aus allen Büschen hervorblickten. »Meine Nähe und unser Entschluß, hier einzusprechen, muß auf dem Schlosse verraten sein«, sagte der Prinz mit vornehmer Nachlässigkeit; »es ist ein unbequemes Wesen um den Dichterruhm!«

In diesem Augenblick wölbte sich ein Mondscheinregenbogen luftig vor ihnen über die Wipfel, auf dessen Höhe eine goldene Lyra, von einem Lorbeerkranz umwunden, sichtbar wurde. – »Zartsinnig!« rief der überraschte und geschmeichelte Prinz aus, mußte aber schnell abbrechen, um seinen Engländer zu bändigen, der immer ungebärdiger um sich blickte und schnaubte, als sie unter dem glänzenden Triumphtore einzogen. Unterdes gab der unversehene Knall eines Böllers das Signal zum Abbrennen eines ausgedehnten

Feuerwerkes, das plötzlich den ganzen Platz in einen feurigen Zaubergarten verwandelte. Jetzt war das Pferd nicht länger zu halten; pfeilschnell zwischen dem Sprühen und Prasseln, über Blumen und Hecken gerade fort, flog es an den Feuerrädern und Tempeln vorüber, die Begleiter konnten nicht so rasch nach, die Zuschauer aus den Büschen schrien: »Hurra!« Mit Schrecken sah der Prinz im Fluge immer näher und näher den Palast vor sich, Fackeln am Eingange, und die Herren des Hauses mit zahlreicher Gesellschaft zum Empfange feierlich die Treppe herabsteigen. Mitten in dieser Verwirrung begann endlich das geängstigte Roß auf dem freien Rasenteppich zu bocken, und so unter den wunderlichsten Sprüngen langte der Prinz wie auf einem tollgewordenen Schaukelpferde vor dem Palaste an. – »Mein Gott!« rief ihm der Herr Publikum entgegen, »lassen Sie sich herab!« – »Bitte sehr, nichts von Herablassung«, erwiderte der Prinz, schon ganz schief vom Sattel hängend, während er den Hut vom Kopf verlor. Hier wurde ein zweiter Böller gelöst, das Pferd feuerte noch einmal wütend aus, und Romano lag auf dem Sande.

Während sich dies vor dem Palast begab, sah man zwischen den Schlaglichtern des verlöschenden Feuerwerks eine junge Dame zu Pferde die Allee heransprengen. Die wunderbare Beleuchtung gab der hohen, schlanken Gestalt etwas Wildschönes, und ein freudiges: Ach! begrüßte von allen Seiten die Erscheinung. Ein reichgeschmückter Jockei der Dame hatte unterdes Romanos lediges Pferd ergriffen. Sie selbst aber schwang sich schnell vom Sattel und trat mit besorgten, fragenden Blicken zu dem gefallenen Prinzen. Dieser, als er die herabgebeugte Gestalt und die schönen, großen Augen zwischen den herabwallenden Locken so plötzlich über sich erblickte, erhob sich gewandt auf ein Knie vor ihr und sagte, zierlich ihre Hand küssend: »Nun weiß ich, an welchen Sternen sich diese verzauberten Gebüsche entzündet haben!« – Die Dame lächelte schweigend und schien unruhig und vergeblich mit den Augen jemand in dem Kreise der Umstehenden zu suchen. Prinz Romano aber sprang ohne alle Verlegenheit auf, schüttelte sich ab, reichte der Schönen seinen Arm und führte sie die breite Treppe hinan, während der etwas korpulente Herr Publikum, der gar nicht wußte, wie ihm geschah, Mühe hatte, ihnen so rasch zu folgen.

Oben aber enstand nunmehr die größte Konfusion. Durch eine glänzende Reihe hell erleuchteter Gemächer bewegte sich eine zahlreiche Versammlung in festlicher Erwartung, alle Augen waren auf das eintretende Paar gerichtet, der Prinz grüßte vornehm nach allen Seiten. Da kam plötzlich Herr Publikum atemlos nach.»Romano?« hörte ihn der Prinz hinter sich eifrig zu den Nachfolgenden sagen. »Prinz Romano? Verfasser von – ? Ich wüßte nicht – habe nicht die Ehre.« – Die Dame sah verwundert bald den Sprechenden, bald den Prinzen an:»Wer von Ihnen beiden ist denn aber nun eigentlich der Herr Publikum?« –»Sind Sie denn nicht seine Tochter?« fragte der Prinz, nicht wenig erstaunt. – Hier wurden sie durch Herrn Publikum unterbrochen, der in eiliger Geschäftigkeit, mit dem seidnen Schnupftuche sich den Schweiß trocknend, der Dame seinen Arm reichte.»Konfusion, lauter Konfusion!« sagte er voller Verwirrung. »Mondschein, Regenbogen, Böller, Mißverständnis, ein unerwarteter Gast – alles zu früh abgefeuert; sobald Sie kamen, Gnädigste, sollten sie abgebrannt werden.« – Hiermit war er mit der Gefeierten in der Menge verschwunden, alles drängte neugierig nach. –»Wer ist die Dame?« fragte der Prinz einen der Nachzügler. –»Die schöne Gräfin Aurora«, war die Antwort.

Es war noch alles still im Schloß nach dem Feste, das bis tief in die Nacht hinein gedauert hatte. Nur Prinz Romano, die Heimlichkeit der Morgenzeit benutzend, stand schon eifrig vor dem hohen Wandspiegel zwischen Kämmen, Flaschen und Büchschen, die auf allen Stühlen umherlagen. Dem Rausche einer wüst durchlebten Jugend war frühzeitig ein fataler Katzenjammer gefolgt, und sein Haupt insbesondere hatte in den mannigfachen Raufereien mit den Leidenschaften bedeutend Haare lassen müssen. Alle diese Defekte geschickt zu decken, war heut sein erstes Tagewerk, da er leider aus Erfahrung wußte, daß vor den Augen der Damen in Auroras Alter der Lorbeerkranz die Glatze eines Dichters nicht zu verbergen vermag. – Draußen aber ging der herrlichste Sommermorgen funkelnd an allen Fenstern des Palastes vorüber, alle Vögel sangen in der schönen Einsamkeit, während von fern aus den Tälern die Morgenglocken über den Garten heraufklangen. Da vernahm der Prinz zwischen den blitzenden Gebüschen unten abgebrochen einzelne volle Gitarrenakkorde. Das konnte er niemals ohne innerliche Resonanz ertragen, die frühesten Jugenderinnerungen klangen sogleich mit an: ferne blaue Berge, Reisebilder, italienische Sommernächte, erlebte und gelesene. Auch heute vermochte er dem Zuge poetischer Kameradschaft nicht zu widerstehen, er warf Kämme und Büchsen fort und eilte die breiten, stillen Marmortreppen hinab, in den Park hinaus.

Ein frischer Morgenwind ging durch die Wipfel, aber in dem Rauschen war ringsumher kein Lautenklang mehr zu vernehmen. Der Prinz horchte, schritt dann tiefer in das taufrische Labyrinth hinein und lauschte wieder. Da glaubte er in einiger Entfernung sprechen zu hören, als eine plötzliche Wendung des Ganges ihm einen unerwarteten Anblick eröffnete. Ein junger Mann nämlich, in leichter Reisekleidung und eine Gitarre im Arm, hatte sich soeben über den Zaun in den Garten geschwungen; ein Jäger saß noch auf dem Zaune, beide waren bemüht, einem kurzen, wohlbeleibten Manne gleichfalls herüberzuhelfen. »Sind Euer nicht noch mehr dahinter?« fragte der Jäger mit pfiffiger Miene. – »Dummes Zeug!« erwiderte der Dicke, mühsam kletternd und halb zu dem andern gewendet: »Ihr habt immer solche absonderliche Streiche im Kopf und meint, es sei poetisch, weil's kurios ist. Da brauch' ich keinen solchen nichtswürdigen Zaun dazu, ich trage die rechte Himmelsleiter allezeit bei mir, die leg' ich an, gerade in die Luft, wo mir's beliebt, und auf der klettre ich fixer hinan als ihr alle zusammen!« – Hier wandte sich der Fremde mit der Gitarre rasch herum, Prinz Romano blieb in höchster Überraschung wie eingewurzelt stehen. »Mein Gott!« rief er, »Graf *Leontin* – aus, ›Ahnung und Gegenwart‹!« – »Ist gleich an der Gitarre zu erkennen«, fiel ihm der Dicke ins Wort; »er kann nicht ›wohlgespeist zu haben‹ sagen ohne einen Griff in die Saiten dazu.« – »Der Dichter *Faber*«, sagte Leontin, den Dicken präsentierend, »noch immer der alte; er kann, wie ein Bär, nicht ohne Brummen tanzen.« – »Aber, liebe Herzensjungen«, entgegnete der Prinz, »ich versteh' noch immer nicht – wie kommt ihr hierher, was wollt ihr?« – »Der schönen Aurora im Vorüberziehen ein Ständchen bringen«, erwiderte Leontin. – »Ständchen?« rief Prinz Romano begeistert aus; »Morgenständchen im Garten? O da muß ich mit! wo ist ihr Schlafgemacht?« – »Der Jäger da will uns weisen«, sagte Leontin; »von ihm erfuhren wir's, daß die Gräfin hier ist.« – »Pst! pst! wir sind schon unter der Schußweite der Fenster!« unterbrach sie Herr Faber, indem er, ungeachtet seiner Korpulenz, gebückt und voller Eifer auf den Zehen fortzog, als wollte er ein Vogelnest beschleichen. Der Jäger führte ihn unablässig in die Kreuz und Quer, der breite Dichter stolperte und schimpfte, der Jäger sprach lustig Mut zu, die ändern folgten lachend. So zog das wunderliche Häuflein zankend, schwirrend und sumsend durch die stille Morgenluft bis an eine Rosenhecke, wo ihr Führer sie endlich aufstellte. Die Schloßfenster leuchteten wie glänzende Augen zu ihnen herüber; Leontin griff, ohne sich lange zu besinnen, in die Saiten, Faber übernahm die Baßpartie, und sie sangen munter:

»In den Wipfeln frische Lüfte,
Fern melod'scher Quellen Fall,
Durch die Einsamkeit der Klüfte
Waldeslaut und Vogelschall,
Scheuer Träume Spielgenossen,
Steigen all' beim Morgenschein
Auf des Weinlaubs schwanken Sprossen
Dir ins Fenster aus und ein.
Und wir nahn noch halb in Träumen,
Und wir tun in Klängen kund,
Was da draußen in den Bäumen
Singt der weite Frühlingsgrund.
Regt der Tag erst laut die Schwingen
Sind wir alle wieder weit –
Aber tief im Herzen klingen
Lange nach noch Lust und Leid.«

»Ein scharmantes Lied!« unterbrach sie hier der entzückte Prinz. – »Still, still«, sagte Faber, »da wackelte eben die Gardine oben im Fenster!« – »Wahrhaftig«, rief Romano, »sehet ihr, zwei göttliche Augen blitzen heimlich zwischen den Vorhängen hindurch!« – Sie sangen von neuem:

»Dicke Liederknospen grünen
Hier vom Wipfel bis zum Grund –
Einen Blick aus den Gardinen,
Und der Strauch blüht liebesbunt!«

Jetzt öffnete sich wirklich das verhängnisvolle Fenster. – Herr Publikum, eine schneeweiße Schlafmütze auf dem Kopf, lehnte sich breit und behaglich heraus und gähnte, als wollte er den ganzen Morgen verschlingen. Die Sänger starrten wie versteinert durch ihr Versteck in den unverhofften Rachen. »Danke, danke, meine unsichtbaren Freunde, für diese angenehme Aufmerksamkeit!« sagte der Mäcenas oben, noch immer gähnend und mit der fetten Hand vornehm herabwinkend. »Zu viel Ehre – mein geringes Interesse an den schönen Künsten und Wissenschaften – es freut mich, daß es solch zarte Anerkennung –« Aber Leontin ließ ihn nicht ausreden, er griff wütend in die Saiten und übersang ihn:

»Was hast du für ein großes Maul,
Kannst sprechen ganz besunder;
Lob mich auch 'mal, sei nicht so faul!
Lobst sonst ja manchen Plunder.«

Der ganz verdutzte Publikum, als er sich recht besann, wie ihm eigentlich geschehen, geriet über diesen unerwarteten Gruß in einen unmäßigen Zorn. »Wer tat mir das?« schrie er, «und in meinem eigenen Garten Greift mir die impertinenten Kerls!« – Er rief nun eine Menge von Dienern bei ihren Namen, daß er ganz blau im Gesicht wurde. Über dem Geschrei erhob sich durch den ganzen Palast, treppauf, treppab, ein verworrenes Rumoren, von allen Seiten fuhren Gesichter neugierig aus allen Fenstern, durch den stillen Garten selbst hörte man schon einzelne Stimmen suchend schweifen. Der Morgenspuk in der Rosenhecke aber war bereits nach verschiedenen Richtungen hin zerstiebt. Leontin konnte vor Lachen fast nicht mehr weiter, der Prinz aus Besorgnis, sich in dem fremden Hause lächerlich zu machen, fand es am geratensten, mit den andern gleichfalls Reißaus zu nehmen; Faber dagegen, den gleich anfangs bei dem überraschenden Anblick des ungeheuern, butterglänzenden Gesichts im Fenster eine wunderliche Furcht ergriffen hatte, war schon ein gut Stück voraus und keuchte und schimpfte auf Leontins unaufhörliche Narrenstreiche und auf den Jäger, der sie vor die falschen Fenster geführt. Der letztere hatte sich inzwischen verloren, Romano aber glaubte, bald da, bald dort in den Gebüschen neben sich kichern zu hören und *Florentiens*, seines hübschen Jägerbürschchens, Stimme zu erkennen.

Als sie sich draußen im Walde in Sicherheit sahen, warf sich Leontin erschöpft auf den Rasen hin, Faber ging vor ihm mit schnellen Schritten auf und nieder, sich emsig die Hände reibend, wie einer, der mit sich selbst zufrieden ist. –»Ihr seid an allem schuld, Faber«, sagte Leontin;»Ihr seid schon zu schwer, Ihr fallt überall durch auf dem Glatteise der Liebe und reißt uns mit fort.« –»Was, Reißen, Durchfall!« entgegnete der vergnügte Dichter;»der Publikum hat doch seinen köstlichen Ärger weg!« Dazwischen schwor er wieder, den schuftigen Jäger durchzuprügeln, und sollt' es am jüngsten Tage sein. –»Und Sie, Durchlaucht, haben als Volontär die Retirade mitgemacht«, sagte Leontin zum Prinzen. –»Was war zu tun?« erwiderte dieser;»meine Freiersfüße mußten wohl für Eure Verse das Fersengeld mit bezahlen.« –»Wie! Freiersfüße? wem setzen Sie darauf nach, wenn man fragen darf?« –»Dem edelsten Wilde, mein' ich, um das jemals ein Jäger Hörner angesetzt, in das jeder Weidmann geschossen ist, mit einem Wort, meine Freunde: ich möchte beinah gesonnen sein, um die Hand der schönen Gräfin Aurora zu werben.« – Hier brachen Leontin und Faber, zu des Prinzen Erstaunen, plötzlich in ein unaufhaltsames Gelächter aus.»Die Gräfin Aurora?!« riefen sie, immerfort lachend, einer nach dem ändern aus –»ebensogut könnte man die Göttin Diana unter die Haube bringen – oder der Thetis den Verlobungsring an den rosigen Finger stecken – oder die Phantasie heiraten – und alle neun Musen dazu!«

Der empfindliche Prinz hatte unterdes mit dem vornehmsten Gesicht, das ihm zu Gebot stand, seine Lorgnette hervorgezogen und nahm die Gegend und dann die Lachenden ruhig in Augenschein.»Ich muß gestehen«, sagte er endlich, das unerträgliche Gelächter unterbrechend,»Sie liebten doch früher eine gewisse geniale Eleganz, lieber Graf; es fiel mir schon vorhin auf, Sie in diesem wunderlichen, altmodischen Aufzuge wiederzusehen. Nehmt mir's nicht übel, ihr Herren, ihr seht aus wie die Trümmer eines reduzierten Freikorps.« –»Vortrefflich, Prinz!« rief Leontin;»Sie haben da recht den Nagel auf den Kopf getroffen! Ja, das fliegende Korps der Jugend, dem wir angehören, ist längst aufgelöst, das Handgeld flüchtiger Küsse vergeudet; diese ästhetischen Grafen und Barone, diese langhaarigen reisenden Maler, die genialen Frauen zu Pferde, sie sind nach allen Richtungen hin zerstreut; unsre tapfersten Anführer hat der Himmel quiesziert, ein neues, aus unserer Schule entlaufenes Geschlecht hat neue, langweilige Chausseen gezogen, und wir stehen wie vergessene Wegweiser in der alten, schönen Wildnis.« – Der Prinz fuhr fast verlegen mit der Hand über die Stirn, er konnte ein abermaliges Gefühl von Kameradschaft mit diesem verunglückten Freikorps nicht unterdrücken.»Teuerster Graf«, sagte er,»Sie pflegten von jeher gern zu übertreiben.« – »Ja, Pferde, Liebe, Lust und Witz«, erwiderte Leontin;»daher bring' ich sie nun alle ein bißchen lahm aus der Kampagne zurück.«

Hier wurden sie durch Faber unterbrochen. Der ermüdete Poet hatte sich in die warme Morgensonne bequem hingelagert und fing soeben auf die furchtbarste Weise zu schnarchen an.

»Gott behüt' uns!« rief der erschrockene Prinz aus, indem er den Schlafenden durch die Lorgnette aufmerksam betrachtete.»Sehen Sie doch, wie er sich nun abquält, ein gelindes Tabakschmauchen nachzuahmen – jetzt bläst er sich wieder mächtig auf; das ist ja, als wenn der Teufel die Baßgeige striche! – Und nun auf einmal mit einem Schlagtriller alles wieder abgeschnappt – ich glaube, er erstickt an seinem Ärger über Herrn Publikum. Was hat er denn eigentlich mit dem?«

»Der Entschlafene«, erwiderte Leontin,»war in der letzteren Zeit als Hofdichter beim Herrn Publikum angestellt. – Das ging auch anfangs vortrefflich, er wurde gehauen, geschnitten, gestochen, ich meine: in Stein und Kupfer, die Damen rissen sich ordentlich um seine Romantik. Als sie nun aber nach und nach ein wenig abgerissen wurde, da war nichts weiter dahinter. Es war ein Skandal! Er konnte nicht so geschwind die neumodische klassische Toga umschlagen, verwickelte sich in der Hast mit Arm und Beinen in die schottischen Plaids und gab immer mehr Blößen – ja zuletzt sagte ihm Herr Publikum gerade auf den Kopf: er sei nun gänzlich aus der Mode geraten, ja es gebe überhaupt gar keine solche humoristische Hagestolzen wie er in der Wirklichkeit, er sei eigentlich ein bloßes in Gedanken stehen gebliebenes Hirngespinst, das für nicht vorhanden zu achten. – So hatte die atemlose Zeit auch ihn übergerannt, und ich fand den abgedankten Dichter, an seiner eigenen Existenz verzweifelnd, hier im Walde unfern von meinem Schlosse wieder.« – »Wie«, rief der Prinz aus,»so wohnen Sie jetzt hier in der Nähe?«

»Allerdings«, entgegnete Leontin. »Die spröde Welt, die wir als unser Lustrevier erobern wollten, hat uns nach und nach bis auf ein einsames Waldschloß zurückgedrängt, und die von der alten Garde tun mir die Ehre an, sich um die zerrissene Standarte der Romantik zu versammeln, die ich auf der Zinne des Kastells aufgesteckt. Dort rumoren wir auf unsere eigene Hand lustig fort, gefallen uns selbst und ignorieren das andre. Rauschen und singen doch die Wälder noch immerfort wie in der Jugend, und jeden Frühling wirbelt die Lerche die alten Gesellen zusammen, und von Zeit zu Zeit besucht uns dort wohl noch unser schönes Waldlieb.«

Hier sprang Leontin plötzlich auf, und auch der Prinz wandte, angenehm überrascht, seine Blicke nach dem Felsen; denn ein wunderschöner Gesang klang auf einmal aus dem Walde zu ihnen herüber. Sie konnten etwa folgende Worte verstehen:

»Lindes Rauschen in den Wipfeln,
Vöglein, die ihr fernab fliegt,
Bronnen von den stillen Gipfeln,
Sagt, wo meine Heimat liegt?

Heut im Traum sah ich sie wieder,
Und von allen Bergen ging
Solches Grüßen zu mir nieder,
Daß ich an zu weinen fing.

Ach, hier auf den fremden Gipfeln:
Menschen, Quellen, Fels und Baum,
Wirres Rauschen in den Wipfeln –
Alles ist mir wie ein Traum.«

Jetzt erschien der Sänger im hellsten Glanz der Morgenlichter zwischen den Bäumen – es war Florentin, das Jägerbürschchen aus Romanos Begleitung. Er stutzte und brach schnell sein Lied ab, als er den Prinzen unten bemerkte. »Dacht' ich's doch!« rief Leontin, die leuchtende Erscheinung freudig anstaunend. – Faber rieb sich verwirrt die Augen. »Es träumte mir eben«, sagt' er, »ein Engel zöge singend über mich durch die Morgenluft.« – Unterdes aber war Florentin schon bei ihnen, faßte Leontin und Faber, wie alte Bekannte, rasch bei den Händen und führte sie tiefer in den Wald hinein. – Der Prinz hörte sie untereinander lachen, dann wieder sehr eifrig und heimlich sprechen; Florentins Stimme klang immerfort wie ein Glöckchen zwischen dem Vogelsang herüber. Als sie zurückkehrten, schienen Leontin und Faber zerstreut und unruhig, wie Leute, die plötzlich einen Anschlag gefaßt haben. »Wir müssen schnell weiter; auf eine lustige Hochzeit dann!« sagte Leontin zum Prinzen und lud ihn noch heiter ein, ihn auf seinem Kastell zu besuchen. Dann eilte er sogleich mit Faber den Berg hinab, wo auf einer Waldwiese ein Jäger mit ihren Pferden im Schatten ruhte. Florentin aber war ebenso eilig im Walde wieder verschwunden. Erstaunt und verwirrt stand nun der Prinz in der unerwarteten Einsamkeit. Da sah er unten die beiden Freunde schon fern zwischen Weinbergen und blühenden Gärten in die glänzende Landschaft hinausziehen und Schlösser, Türme und Berge erglühten purpurn, und ein leiser Hauch wehte den Klang der Morgenglocken und Lerchensang und Düfte erquickend herauf, als läge das Land der Jugend dort in der blitzenden Ferne. Hoch oben auf den Felsen aber erschien Florentin noch einmal, schwenkte seinen Hut und sang den Fortziehenden nach:

»Muntre Vögel in den Wipfeln,
Ihr Gesellen dort im Tal,
Grüßt mir von den fremden Gipfeln
Meine Heimat tausendmal!«

Vom Garten des Herrn Publikum bringt der Wind unverhofft ein sonderbares, unerklärliches Gesumse zu uns herüber, es scheint nicht Mühlengebraus, nicht Katzengefecht, noch Murmeln rieselnder Bäche, sondern vielmehr das alles zusammen. Je mehr wir uns indes mit gebührender Vorsicht nähern, je deutlicher unterscheiden wir nach und nach das verworrene Geschnatter verschiedener Menschenstimmen durcheinander, von Zeit zu Zeit von dem durchdringenden Schrei eines Papageis aus den Fenstern des Palastes überkreischt. Durch eine Öffnung des Gebüsches endlich übersehen wir den schönen Gartenplatz vor dem Schlosse, wo beim lieblichen Morgenschein viele wohlgekleidete Personen verschiedenen Alters und Standes zwischen den blühenden Sträuchern und funkelnden Strahlen der Wasserkünste zufrieden auf und nieder wandeln und plaudern, häufig im Eifer des Gesprächs sich den Schweiß von der Stirn wischen und wieder plaudern. – Nur Herz gefaßt! noch einige Schritte vorwärts: und wir können alles bequem vernehmen.

»Nur das prüde Vornehmtun jener literarischen Aristokratie nicht hinein gemengt!« rief soeben ein langer, schlichter Mann mit grauem Überrock und grauem Gesicht. – »Lassen Sie sich umarmen, Lieber!« unterbricht ihn begeistert ein blonder junger Mann, dessen volle Wangen von unverderbter Jugend strotzen: »das wär' es eben auch, was ich meine! Jawohl, diese poetische Vornehmheit, die so gern überall das Pfauenrad der großen Welt schlägt, was ist sie anders als jene perfide, über allen Erscheinungen, über Gutem und Bösem mit gleichem Indifferentismus schwebende Ironie; Glatteis, auf dem jede hohe Empfindung, Tugend und Menschenwürde lächerlich ausglitschen; kalt, kalt, kalt, daß mich in innerster Seele schaudert! O, über die vermessene Lüge göttlicher Objektivität! Heraus, Poet, mit deiner rechten Herzensmeinung hinter deinen elenden Objekten! Ehrlich dein Innerstes ausgesprochen!« – *Viele* (durcheinander) Ja, gesprochen immerzu gesprochen! – *Junger Mann* Meine Herren! Sie verstehen mich nicht, ich wollte – *Viele* Wir wollten nichts verstehen! – Wir wollen Natur! – Edelmut – gerührtes Familienglück! – *Grauer* He, Ruhe da! das ist ja, als war' auf einmal ein Sack voll Plunder gerissen! – *Dichterin* (sich hindurchdrängend) Was für Ungezogenheit! Pfui doch, Sie treten mir doch das Kleid ab! O, diese starken, wilden Männerherzen! – *Junger Mann* Verehrungswürdigste, in welchem Aufzuge! die Nachthaube ganz schief – und – o wer hätte Ihnen das zugetraut! – noch im fliegenden Nachtgewande. – *Dichterin* (sich betrachtend) O Gott! ich bitte Sie, sehen Sie ein wenig auf die andere Seite, ich verberge mich in mich selbst! – der Schmelz des jungen Tages – meine Ungeduld, meine Zerstreuung, das erste Lied der Nachtigall, ich könnt' es nicht erwarten, ich stürz' hinaus – ach, wir Dichterinnen schwärmen so gern über die engen Zwinger der Alltagswelt hinaus. Erlauben Sie! (Sie nimmt das Schnupftuch des jungen Mannes und schlägt es sich als Halstuch um.) Aber erzählen Sie doch, was ist denn eigentlich los hier? – *Junger Mann* Ein neuer Gedanke von der höchsten Wichtigkeit, dessen Folgen für die ganze Literatur sich schwer berechnen lassen. Denn jede neue Idee ist wie der erste Morgenblick; erst rötet er leise die Berge und die Wipfel, dann zündet er plötzlich da, dort mit flammendem Blick einen Strom, einen Turm in der Ferne; nun qualmen und teilen und schlingen sich die Nebel in der Tiefe, der Kreis erweitert sich fern und ferner, die blühenden Länder tauchen unermeßlich auf – wer sagt da, wo das enden will! – Nun, ich weiß, Verehrteste, Sie teilen schon längst unsre Überzeugung, daß jene überspannten künstlichen Erfindungen in der Poesie uns der Natur entfremden und nach und nach ein wunderliches, konventionelles, nirgends vorhandenes, geschriebenes Leben über dem Lebendigen gebildet, ich möchte sagen: eine Bibel über die Tradition gesetzt haben, daß wir also eilig zur Wirklichkeit zurückkehren müssen, daß – *Dichterin* Kürzer! Ich bitte, fassen Sie sich kürzer, mir wird ganz flau. – *Grauer* Kurz, wir machen hier soeben Novelle. Dieser Garten, der Palast, das Vorwerk, die Stallungen und Düngerhaufen dahinter sind unser Schauplatz; was da aufduckt in dem Revier, italienische Gräfin oder deutscher Michel oder anderes Vieh, wird ohne Barmherzigkeit unmittelbar aus dem Leben gegriffen. Und nun ohne weiteres Gefackel frisch zugegriffen! denn wenn ich des Morgens so kühl und nüchtern bin, da komponier' ich den Teufel und seine Großmutter zusammen! – *Viele* (mit großem Lärm) Bravo! Sie sind unser Mann! Diese Laune, dieser Humor! – *Junger Mann* Also es bleibt bei dem entworfenen Plane der Novelle. Alles einfach, natürlich: wir führen die schöne Gräfin Aurora mit dem einzigen Manne, welcher dieser berühmten Musenhand würdig, mit unserem unvergleichlichen Herrn Publikum, langsam, Schritt für Schritt, durch das dunkle Labyrinth des menschlichen Herzens zum Traualtar. Dieses Tappen, dieses Fliehen und Schmachten der wachsenden Leidenschaft ist der goldene Faden, an den sich von selbst, gleich Perlen, die köstlichsten Gespräche über Liebe, Schönheit, Ehe reihen – o, teuerste Freunde, ich bin so voller Abhandlungen! – *Engländer* (mit Weltverachtung hinzutretend) Und der Sturm, der um des Herzens Firnen ras't? und das Grauen, das wie der Schatten eines unsichtbaren Riesen sich über die gebrochenen Lebensträume legt? – Ich bestehe durchaus auf ein wild zerrissenes Gemüt in der Novelle! *Dichterin* Furchtbarer, ungeheurer Mann! *Grauer* Das ist gleich gemacht. Der Prinz Romano hat ganz das liederliche Aussehen eines unglücklichen Liebhabers. Er geht, wie ihr wißt, auf Freiersbeinen, die sind dünn genug, da lassen wir den englischen Sturm schneidend hindurchpfeifen. – *Junger Mann* Still! da kommt die Gräfin mit Herrn Publikum. – Nun frisch daran!

Wirklich sah man die Genannten soeben aus dem Schlosse treten, in galanter Wechselrede begriffen, wie man aus der ungewohnten, besonderen Beweglichkeit des Herrn Publikum annehmen konnte, der immer sehr viel auf guten Ton hielt. Die Novellenmacher verneigten sich ehrerbietig, Publikum nickte vornehm. Gräfin Aurora aber hatte heute in der Tat etwas von Morgenröte, wie sie zwischen den leisen Nebeln ihres Schleiers, den sie mit dem schönen Arm mannigfach zu wenden wußte, so leicht und zierlich nach allen Seiten grüßte, und ihre Blicke zündeten, zwar nicht die Turmknöpfe, aber die Sturmköpfe ringsumher. Ein Geflüster der Entzückung ging durch die Versammlung. Der Graue bemächtigte sich geschickt des fetten Ohres des Herrn Publikum. O, rief er ihm leise zu, dreimal selig der, dem diese Blicke gelten! Publikum lächelte zufrieden.

Der Vorschlag der rüstigen Herren, an dem herrlichen Morgen eine Promenade in das nächste Tal vorzunehmen, wurde mit Beifall aufgenommen. Sie aber hatten ihre eigenen Gedanken bei diesem Vorschlage. Um ihre projektierte Novelle gehörig zu motivieren, sollte Herr Publikum zuerst der Gräfin mit seiner Weltmacht imponieren und sodann in der Einsamkeit der schönen Natur Gelegenheit finden, diesen Eindruck zu benutzen, um die Überraschte mit den Blumenketten der Liebe zu fesseln. Zu diesem Zweck lenkten sie den Spaziergang ohne weiteres aus dem Garten nach dem sogenannten praktischen Abgrund hin. Und in der Tat, die Schlauen wußten wohl, was sie taten. Denn schon im Hinabsteigen mußten der Gräfin sogleich einzelne Gestalten auffallen, die gebückt wie Eulen, in den Felsenritzen kauerten. – Künstler, Landschafter, sagte Publikum, die armen Teufel quälen sich vom frühesten Morgen für mich ab. Hier verbreitete er sich sofort gelehrt über die verschiedenen Tinten der Landschaftsmalerei, wäre aber dabei mit seiner Kunstkenntnis bald garstig in die Tinte gekommen, wenn die aufmerksamen Novellisten nicht zu rechter Zeit ausgeholfen hätten. Indes waren sie auf einem Felsenvorsprung aus dem Gebüsch getreten – da lag in einem weiten Tale zu ihren Füßen plötzlich ein seltsames Chaos: blanke Häuser, Maschinen, wunderliche Türmchen und rote Dächer zu beiden Seiten einer Kunststraße an den Bergeshängen überragend. Es war aus dieser Vogelperspektive, als überblickte man auf einmal eine Weihnachtsausstellung, alles rein und zierlich, alles bewegte sich, klippte und klappte, zuweilen ertönte ein Glöckchen dazwischen, zahllose Männchen eilten geschäftig hin und her, daß es einem vor den Augen flimmerte, wenn man lange in das bunte Gewirr hineinsah.

Der Junge Mann trat erklärend zu der erstaunten Gräfin. Der Puls dieses bewunderungswürdigen Umlaufs von Kräften und Gedanken ist unser hochverehrter Herr Publikum, sagte er, während sie rasch herabstiegen; um seinetwillen zu seinem Besten sind alle diese Anlagen entstanden. Er begann nun eine wohlgedachte und herrlich stilisierte Abhandlung über die ernste, praktische Richtung unserer Zeit, die wir aber leider nicht wiederzugeben vermögen, da man inzwischen den Grund erreicht hatte und vor dem wachsenden Lärm, dem Hämmern und Klopfen kein Wort verstehen konnte.

Aurora war ganz verblüfft, und wußte nicht, wohin sie in dem Getöse sich wenden sollte, als eine, wie es schien, mit Dampf getriebene ungeheure Maschine durch die Eleganz ihres Baues ihre besondere Aufmerksamkeit auf sich zog. Sie näherte sich neugierig und bemerkte, wie hier von der einen Seite unablässig ganze Stöße von dicken, in Schweinsleder gebundenen Folianten in den Beutelkasten geworfen wurden, unter denen sie mit Verwunderung den Grafen Khevenhüller nebst andern Chroniken zu erkennen glaubte. Eine große Menge zierlich gekleideter Herren, weiße Küchenschürzen vorgebunden und die feinen Hemdärmel aufgestreift, eilten auf und ab, das Schroten, Mahlen und Ausbeuteln zu besorgen, während armes, ausgehungertes Volk gierig bemüht war, den Abfall aufzuraffen. – »Das will wieder nicht vom Fleck!« rief Herr Publikum den Arbeitern zu; »rasch, nur rasch!« – Darauf führte er die Gräfin an das andere Ende der Maschine, und es dauerte nicht lange, so spuckte ein bronzener Delphin die verarbeiteten Folianten als ein zierliches »Vielliebchen« in Taschenformat und in Maroquin gebunden zu ihren Füßen aus. Publikum überreichte es, als das Neueste vom Jahre, galant der Gräfin. Aurora wollte sich totlachen und steckte das niedliche Dingelchen in ihren Strickbeutel.

Sie hätte sich gern noch anderweit im Fabrikwesen näher instruiert, aber das Treiben auf der Kunststraße, die sie soeben betreten, nahm alle ihre Sinne in Anspruch. Das war ein Fahren, Schnurren, Reiten und Drängen! Mitten durch das Gewirr sahen sie einen Postillion mit flämischen Stiefeln, mit einem großen Schnurrbart und von martialischem Ansehen, in gestrecktem Galopp auf sich zufliegen. Es war ein literarischer Klatschkurier. Er parierte sein schäumendes Roß kunstgerecht gerade vor Herrn Publikum und überreichte ihm seine Depesche. Die Novellisten standen in höchster Spannung und murmelten geheimnisvoll untereinander. –»Schon gut«, sagte Publikum, den Kurier mit einem leichten Kopfnicken entlassend. Darauf überflog er das Schreiben für sich, lachte einmal laut auf, rief dann:»Ha!« und steckte die Papiere in die Tasche. Aurora aber sah ihn unverwandt an. – Sie bekam eine große Idee von dem Manne.

Inzwischen hatten die Novellisten einen Fußpfad eingeschlagen, der seitwärts aus dem praktischen Abgrund ins Gebirge führte. Der verworrene Lärm hinter ihnen vertoste mit jedem Schritte immer mehr und mehr, und Aurora atmete frisch auf, als sie nun wieder das Rauschen des Waldes und einer einsamen Wassermühle vernahm, auf welche sie zugingen. Ermüdet von dem müßigen Umherschlendern, lagerte die bunte Gesellschaft sich fröhlich auf dem Rasen. Es war ein schattenkühles, freundliches Tal, ringsum von Bergen und Wäldern eingeschlossen; der Mühlbach murmelte über das Gestein und blinkende Kiesel durch die schöne Abgeschiedenheit, über ihnen hin flogen schimmernde Tauben säuselnd der Mühle zu, die Novellisten rieben sich freudig die Hände und hofften das Beste.

Aber hier begegnete Herrn Publikum unerwartet etwas ganz Fatales. Mitten in diesem Sukzeß nämlich bekam er plötzlich einen Anfall seines alten Übels, der Langeweile. Er verbarg vergeblich sein wiederholtes Gähnen hinter dem seidenen Taschentuch, er versuchte etwas über die schöne Natur zu sagen, aber es wollte ihm gerade gar nichts einfallen. Endlich setzte er sich durchaus in den Kopf, auf diesem herrlichen Platze eine Kavatine zu singen, da er ein eifriger Dilettant in allen schönen Künsten war und sich besonders auf seine Stimme viel einbildete. Die Novellenmacher erschraken, denn er nahm sich beim Singen eben nicht vorteilhaft aus. Aber da half nun einmal alles nichts. Ein Diener mußte ihm ein großes Notenblatt reichen, der kurze runde Mann stellte sich, das linke Bein ein wenig vorgeschoben, räuspernd zurecht, strich ein paarmal seinen Backenbart und sang eine italienische verliebte Arie, wobei er den fetten Mund nach der einen Seite wunderlich abwärts zog und von Zeit zu Zeit der Gräfin über das Blatt einen zärtlichen Blick zuwarf. – Aurora sah mit einem leisen schlauen Lächeln den Sänger unter ihren langen, schwarzen Augenwimpern halb erstaunt, halb triumphierend an, und die Novelle schien sich in der Tat ihrer idyllischen Katastrophe zu nähern, als auf einmal Waldhornsklänge von den Bergen unwillkommen in die schönsten Koloraturen des Sängers einfielen. – Herr Publikum brach ärgerlich ab und meinte, es seien ohne Zweifel wieder Raubschützen von des Grafen Leontin Schlosse. Unterdes kamen die Klänge immer näher und näher, von Berg zu Berg einander rufend und Antwort gebend, daß der muntere Widerhall in allen Schlüften erwachte. Plötzlich tat die Morgensonne oben im Walde einen Blitz, und Aurora sprang mit einem freudigen »Ach!« empor. Denn auf einem Felsen über ihnen wurde auf einmal Prinz Romano in prächtiger Jagdkleidung zwischen den Bäumen sichtbar, wie ein König der Wälder, malerisch auf seine funkelnde Büchse gestützt.

Der Prinz nämlich, die sachte, rieselnde Manier der Novellenmacher gründlich verachtend, hatte bei seiner Rückkehr aus dem Walde kaum von dem Morgenspaziergang der Schloßbewohner gehört, als er sich sogleich voll romantischer Wut in seine schönsten Jagdkleider warf, mit Florentin und seinen Jägern von neuem in den Wald lief und dort die letzteren geschickt auf den Bergen verteilte, um die Gräfin, wie wir eben gesehen, in seiner Art würdig zu begrüßen. So war er in dem günstigen Momente der ersten Überraschung oben auf dem Felsen hervorgetreten und betrachtete nun mit innerster Zufriedenheit die bunte Gruppe der Erstaunten unten im Tale. – »Sieh nur«, sagte er zu Florentin, der ihm schelmisch über die Achsel guckte; »sieh nur die Gräfin, wie die zwei Sterne da aus der Waldesnacht zu mir herauf funkeln! Es kommt überall nur darauf an, daß man sich in die rechte poetische Beleuchtung zu stellen weiß.« – »In der Tat, gnädigster Herr«, erwiderte Florentin; »Sie nehmen sich so stellweis vortrefflich aus, es ist ein rechtes Vergnügen, Sie in der Ferne zu sehen – und wenn die Gräfin nicht zu wild ist, so muß sie wohl ein Erbarmen fühlen.« – »Ach, was wild da!« meinte der Prinz. »Cupido ist ein wackerer Schütz, die Sprödeste guckt doch zwischen den Fingern nach dem hübschen, nackten Bübchen hin. Laß mich nur machen!« – Und hiermit stieg er rasch und wohlgemut den Berg hinunter. Je tiefer er aber auf den abgelegenen Fußpfaden in den Wald herabkam, je seltsamer wurde ihm zumute. Wunderliche Erinnerungen flogen ihn an, er glaubte die Bäume, die Felsen zu kennen und blieb oft, sich besinnend, stehen. Jetzt wurde ein Kirchturm in der Ferne sichtbar, ein rotes Ziegeldach schimmerte plötzlich zwischen den Wipfeln aus dem Grunde herauf. – »Wie ist mir denn!« rief er endlich ganz verwirrt aus; »hier bin ich vor langer Zeit schon einmal gewesen – gerade an einem solchen Morgen war es – da muß ein Brunnen sein: da traf ich das schöne Müllermädchen zum erstenmal – glückliche Jugendzeit! Wie manche schöne Nacht schlich da der ungekannte Wanderer zur Mühle, bis er mit dem letzten Stern auf immer im Morgenrot wieder verschwand. – Wahrhaftig, das ist der Grund, da ist die Mühle – gerade jetzt! Verdammter Zufall!«

Währenddes ging er auf den altbekannten Pfaden immer weiter und weiter; er war wie im Traum, bunte Schmetterlinge flatterten wieder über dem stillen Grunde, der Mühlbach rauschte, die Vögel sangen lustig wie damals. Nun kamen auch die hohen Linden, dann der Brunnen – da blieb er auf einmal fast erschrocken stehen. Denn auch sein damaliges Liebchen kniete, Wasser schöpfend, wieder am Brunnen. Als sie so plötzlich den Fremden erblickte, setzte sie langsam den Krug weg und sah ihn unter dem Strohhut lange Zeit groß an. Es waren die alten, schönen Züge, aber gebräunt und von Sorge und Arbeit wunderbar verwandelt.

»Kann ich wieder mit dir gehen?« redete Romano sie endlich an.

»Nein«, erwiderte sie ruhig; »ich bin längst verheiratet. – Wie ist es denn dir seitdem gegangen?« fuhr sie fort; »es ist lange her, daß du mich verlassen hast.« Darauf sah sie ihn von neuem aufmerksam an und sagte: »Du bist heruntergekommen.«

»Und weiß doch selber nicht wie!« entgegnete der Prinz ziemlich verlegen. Da bemerkte er, daß ihr Tränen in den Augen standen, und faßte gerührt ihre Hand, die sich aber so rauh anfühlte, daß es ihm recht in der Seele fatal war.

In demselben Augenblick trat die Gesellschaft vom Schlosse, welche der Waldhornklang weiter in das Tal verlockt hatte, unerwartet aus dem Gebüsch, und ein zweideutiges Lachen sowie das eifrige Hervorholen der Lorgnetten zeigte, daß man die sonderbarliche

Vertraulichkeit des verliebten Prinzen gar wohl bemerkt hatte. Die schöne Müllerin warf, indem sie sich wandte, einen stolzen Blick auf das vornehme Gesindel, und alle Augen folgten unwillkürlich der hohen schlanken Gestalt, als sie, den Krug auf dem Kopfe, langsam zwischen den dunkeln Schatten verschwand.

Dieses Ereignis an Amors falscher Mühle, das allerdings nicht in Romanos Rechnung gelegen, hatte bei den verschiedenen Zuschauern einen sehr verschiedenen Eindruck hinterlassen. Die Novellenmacher fühlten eine köstliche Schadenfreude, etwa wie schlechte Autoren, wenn ein Rezensent einem berühmten Manne einen tüchtigen Tintenklecks anhängt. Herr Publikum, der überhaupt immer erst durch andere auf Gedanken gebracht werden mußte, schmunzelte nur und beschloß insgeheim, bei nächster schicklicher Gelegenheit einmal selbst einen einsamen Spaziergang nach der Mühle zu unternehmen. – Gräfin Aurora dagegen begegnete seitdem dem Prinzen überaus schnippisch, zeigte sich launenhaft und begünstigte auf eine auffallende Weise den armen Publikum, der vor lauter Wonne kaum zu Atem kommen konnte.

Romano aber benahm sich ganz und gar unbegreiflich. Ohne die geringste Spur von Gram oder Scham, schien er die Gräfin nicht mehr zu beachten, als der Anstand eben unabweislich erforderte, und trieb sich fortwährend wildlustig unter den Jägern umher, mit denen er bald nach den höchsten Wipfeln schoß, bald neue schöne Jagdlieder einübte.

– Aurora brachte einmal boshaft die Rede auf die schöne Müllerin – der Prinz lobte sogleich enthusiastisch ihre Taille und die antike Grazie, mit der sie den Krug getragen. – Die Gräfin, als er gerade im Garten war, entwickelte, im Ballspiel mit Herrn Publikum über den Rasen schwebend, die zierlichsten Formen – der Prinz ließ eben sein Pferd satteln und ritt spazieren. – Das war ein Pfiffikus! Aurora hätte weinen mögen vor verbissenem Ärger! So war die Nacht herangekommen und versenkte Lust und Not. Einzelne Mondblicke schossen durch das zerrißne Gewölk, der Wind drehte knarrend die Wetterfahnen auf dem Schlosse, sonst herrschte eine tiefe Stille im Garten, wo Katzen und Iltis leise über die einsamen Gänge schlüpften. Nur der dunkelmütige *Engländer*, den wir unter den Novellenmachern kennengelernt, war noch wach und schritt tiefsinnig auf und nieder. Er liebte es, in solchen Nächten zu wandeln, womöglich ohne Hut, mit vom Winde verworrenem Haar, und nach behaglich durchschwärmten Tagen seine Seele in der Finsternis mit Verzweiflung aufzublasen, gleichsam einen melancholischen Schnaps zu nehmen. Heute aber galt es eigentlich dem Prinzen Romano, der noch immer von seinem Spazierritt nicht wiedergekommen war. Wie eine Kreuzspinne lauerte er am Eingange des Gartens auf den Zurückkehrenden, um ihm bei so gelegener Stunde einen giftigen Stich von Eifersucht beizubringen und ihn sodann der Exposition wegen als unglücklichen Liebhaber in die Novelle einzuspinnen.

Die Turmglocke im Dorfe unten schlug eben Mitternacht, da hörte er eben ein Roß schnauben, die Hufe im Dunkeln sprühten Funken über das Gestein – es war Romano.

Kaum war er abgestiegen und in den Garten getreten, um sich nach dem Schlosse zu begeben, als ihn der Engländer, verstört und geheimnisvoll, bei beiden Händen faßte und rasch in den finstersten Baumgang mit sich fortriß. Mit schneidender Beredsamkeit verbreitete er sich hier über die sichtlich wachsende Neigung der Gräfin Aurora zu Herrn Publikum, tat Seitenblicke auf jeden ihrer verräterischen Blicke und auf ihre Worte, zwischendurch wieder ihre schöne Gestalt, ihr zauberisches Auge geschickt beleuchtend. Zu seinem Befremden aber blieb der Prinz ganz gelassen und replizierte immer nur mit einem fast ironischen: »Hm – ha – was Sie sagen!« – Schon gut, eben die rechte Stimmung, dieses sich selbst zerknirschende Verstummen! dachte der Engländer und fuhr nur um so eifriger fort, mit häufigem, teuflischen Hohnlachen über Liebe, Treue, Glück und Welt. – Inzwischen hatte Romano in einem entfernten Gebüsch ein leises Flüstern vernommen. Er glaubte die Stimme zu kennen und stand wie auf Nadeln, denn der Engländer wurde immer pathetischer.

»Sie sind mir langweilig, Herr!« wandte sich da der Prinz plötzlich zu ihm. Der Überraschte starrte ihn in höchster Entrüstung an. – Währenddes aber waren sie eben an die Schwelle eines Pavillons gekommen, der Engländer trat hinein. Romano warf schnell die Tür hinter ihm zu und verschloß sie, ohne auf das Toben des melancholischen Kobolds zu achten, das nur die Fledermäuse und Krähen in den nächsten Wipfeln aufscheuchte.

Jetzt folgte der erlöste Prinz rasch den Stimmen in der Ferne. Sie schienen sich zu seinem Erstaunen an dem Flügel des Palastes zu verlieren, wo Aurora schlief. Ein Licht schimmerte noch aus ihrem Fenster und säumte das Laub der nächsten Bäume mit leisem Glanz. Romano stellte sich ins Gebüsch und wartete lange, bald an den Baum gelehnt, bald sich ungeduldig auf den Zehen erhebend. Manchmal war es ihm, als höre er eben lachen, oft glaubte er, die Schatten zweier Gestalten im Zimmer deutlich zu unterscheiden. Dann verlosch auf einmal das Licht, und es wurde oben und unten so still, daß er das Bellen der Hunde aus den fernen Dörfern hören konnte. Da ging plötzlich ein Pförtchen unten, das zu Auroras Gemächern führte, sachte auf, eine männliche Gestalt schlüpfte daraus hervor, flog eilig über die Rasenplätze und Blumenbeete und war in demselben Augenblick in der Nacht wieder verschwunden. – »Was ist das?!« rief der Prinz ganz verwundert aus – er glaubte in der flüchtigen Gestalt seinen Jäger Florentin erkannt zu haben. – Noch lange stand er nachdenklich still. Dann schien ihm auf einmal ein neuer Gedanke durch die Seele zu schießen. »Prächtig! herrlich! Nun wird die Sache erst verwickelt und interessant!« rief er, indem er hastig tiefer in den einsamen Garten hineinschritt und sich eifrig die Hände rieb, wie einer, der plötzlich einen großen Anschlag gefaßt hat.

Auf dem Schlosse war ein bunter, lebhafter Tag vorübergezogen. Gräfin Aurora, von Romanos Waldhornsgruß aufgeregt, war in ihrer Launenhaftigkeit plötzlich auf die Weidlust verfallen, und der galante Publikum hatte nicht versäumt, sogleich auf morgen eine große Jagd in dem nahen Waldgebirge anzuordnen. Erst spät verdoste im Dorf und auf den Gartenplätzen die fröhliche Wirrung der Zurüstungen, und noch bis tief in die Nacht hörte man einzelne Waldhornsklänge und den Gesang der vorausziehenden Jäger über den stillen Garten herüberklingen. Da saß Aurora in einem abgelegenen Gemache am halbgeöffneten Fenster und freute sich der schönen, sternklaren Nacht über den Wäldern und Bergen draußen, die für morgen das herrlichste Jagdwetter zu verkünden schien. Sie hatte sich hinter die Fenstergardine verborgen, sehr leise mit ihrer Kammerjungfer plaudernd. Sie schienen noch jemand zu erwarten und blickten von Zeit zu Zeit in den Garten hinaus. – »Horch«, sagte die Gräfin, »ist das der Wald, der so rauscht? Es ist recht verdrießlich, ich hatte mir schon alles so lustig ausgesonnen für morgen, und nun wird mir ordentlich angst; die dummen alten Bäume vor dem Hause, die finstern Berge, die stille Gegend: es sieht alles so ernsthaft und anders aus, als man sich's bei Tage denkt – wo er auch gerade heute bleibt?« – »Wer denn?« fragte die Kammerjungfer schalkhaft, »der spröde Prinz?« – »Hm, wenn ich just wollte« – erwiderte Aurora. Hier wurden sie durch eine Stimme unter dem Fenster unterbrochen. Es war ein Jäger, der so spät noch seine Flinte zu putzen begann und fröhlich dazu sang:

»Wir waren ganz herunter,
Da sprach Diana ein,
Die blickt' so licht und munter,
Nun geht's zum Wald hinein!«

»Da meint er mich!« flüsterte die Gräfin. – Der Jäger aber sang von neuem:

»Im Dunkeln Äuglein funkeln,
Cupido schleichet leis,
Die Bäume heimlich munkeln –
Ich weiß wohl, was ich weiß.«

»Was will der davon wissen, der Narr!« sagte Aurora erschrocken; »kommen wir fort, ich fürchte mich beinahe.« – Die Kammerjungfer schüttelte bedenklich ihr Köpfchen, indem sie vorsichtig oben das Fenster wieder schloß.

Währenddes ritt der Prinz Romano – wir wissen nicht weshalb – beim hellsten Mondschein ganz allein mitten durch die phantastische Einsamkeit des Gebirges dem Schlosse des Grafen Leontin zu. Vor Heimlichkeit und Eile hatte er, ohne einen Führer mitzunehmen, nach den Beschreibungen der Landleute den nächsten Waldpfad eingeschlagen. Die Wälder rauschten durch die weite Stille, aus der Ferne hörte man nur den dumpfen Schlag eines Eisenhammers, von Zeit zu Zeit stutzte sein Pferd schnaubend. Bald aber teilten sich die Wege in den verschiedensten Richtungen, die betretenen schienen weit abzuführen, die wilderen verloren sich ganz und gar im Gestein. Manchmal glaubte er Hundegebell aus den

Tälern zu vernehmen, aber wenn er hinablenken wollte, stand er plötzlich vor jähen, finstern Abgründen, bis er zuletzt sich selbst eingestehen mußte, sich gänzlich verirrt zu haben.

»Desto schöner!« rief er aus, stieg ab, band sein Pferd an einen Baum und streckte sich auf den Rasen hin, um die Morgendämmerung abzuwarten. Wie manche schöne Sommernacht, dachte er, habe ich auf meinen Jugendfahrten schon so verbracht und in der dichterischen Stille, heimlich bildend, den grauen Vorhang angestarrt, hinter dem die frischen Morgen, blitzenden Ströme und duftigen Täler des reichen, unbekannten Lebens vor mir aufsteigen sollten. – Ein naher Bach plauderte verwirrend in seine Gedanken herein, die Wipfeln über ihm rauschten einförmig immer fort und fort; so schlummerte er endlich ein, und der Mond warf seine bleichen Schimmer über die schöne wüste Gestalt, wie über die Trümmer einer zerfallenen verlornen Jugend.

Da träumte ihm, er stände auf dem schönen Neckargebiete vor Heidelberg. Aber der Sommer war vorbei, die Sonne war lange untergegangen, ihn schauerte in der herbstlichen Kühle. Nur das Jauchzen verspäteter Winzer verhallte noch, fast wehmütig, in den Tälern unten, von Zeit zu Zeit flogen einzelne Leuchtkugeln in die Luft. Manche zerplatzte plötzlich in tausend Funken und beleuchtete im Niederfallen langvergessene, wunderschöne Gegenden. Auch seine ferne Heimat erkannte er darunter, es schien schon alles zu schlafen dort, nur die weißen Statuen im Garten schimmerten seltsam in dem scharfen Licht. Dann verschlang die Nacht auf einmal alles wieder. Über die Berge aber ging ein herrlicher Gesang, mit wunderbaren, bald heitern, bald wehmütigen Tönen. Das ist ja das alte, schöne Lied! dachte er und folgte nun bergauf, bergab den Klängen, die immerfort vor ihm herflohen. Da sah er Dörfer, Seen und Städte seitwärts in den Tälern liegen, aber alles so still und bleich im Mondschein, als wäre die Welt gestorben. So kam er endlich an ein offenes Gartentor, ein Diener lag auf der Schwelle ausgestreckt wie ein Toter. – »Desto besser, so schleich' ich unbemerkt zum Liebchen«, sagte er zu sich selbst und trat hinein. Dort regte sich kein Blättchen in allen Bäumen den ganzen weiten Garten entlang, der prächtig im Mondschein glänzte, nur ein Schwan, den Kopf unter dem Flügel versteckt, beschrieb auf einem Weiher, wie im Traume, stille einförmige Kreise; schöne nackte Götterbilder waren auf ihren Gestellen eingeschlafen, daß die steinernen Haare über Gesicht und Arme herabhingen. – Als er sich verwundert umsah, erblickte er plötzlich ihre hohe und anmutige Gestalt verlockend zwischen den dunklen Bäumen hervor. »Geliebteste!« rief er voll Freude, »dich meint' ich doch immer nur im Herzengrunde, dich mein' ich heut!« – Wie er sie aber verfolgte, kam es ihm vor, als wäre es sein eigner Schatten, der vor ihm über den Rasen herfloh und sich zuletzt in einem dunkeln Gebüsch verlor. Endlich hatte er sie erreicht, er faßte ihre Hand, sie wandte sich. – Da blieb er erstarrt stehen – denn er war es selber, den er an der Hand festhielt. – »Laß mich los!« schrie er, »du bist's nicht, es ist ja alles nur ein Traum!« – »Ich bin und war es immer«, antwortete sein gräßliches Ebenbild; «du wachst nur jetzt und träumtest sonst.« – Nun fing das Gespenst mit einer grinsenden Zärtlichkeit ihn zu liebkosen an. Entsetzt floh er aus dem Garten, an dem toten Diener vorüber, es war, als streckten und dehnten sich hinter ihm die erwachten Marmorbilder, und ein widerliches Lachen schallte durch die Lüfte. – Als er atemlos wieder im Freien anlangte, befand er sich auf einem sehr hohen Berge unter dem unermeßlichen Sternenhimmel. Aber die Sterne über ihm schienen sich sichtbar durcheinander zu bewegen; allmählich wuchs und wuchs oben ein Brausen, Knarren und Rücken, endlich flog der Mond in einem großen Bogen über den Himmel, die Milchstraße drehte sich wie ein ungeheures Feuerrad, erst langsam, dann immer schneller und wilder in entsetzlichem Schwunge, daß er vor Schwindel zu Boden stürzte. Mitten durch das schneidende Sausen hörte er eine Glocke schlagen, es war, als schlüg' es seine Todesstunde. Da fiel ihm ein, daß es eben Mitternacht sei. Das ist's auch, dachte er, da stellt ja der liebe Gott die Uhr der Zeit. – Und als er wieder aufblickte, war alles finster geworden, nur das Rauschen eines weiten Sternenmantels ging noch durch die Einsamkeit des Himmels, und auch den Gesang, als sängen Engel ein Weihnachtslied, hörte er wieder hoch in den Lüften so über alle Beschreibung freudig erklingen, daß er vor tiefer Lust und Wehmut aufwachte.

Er konnte sich zwischen den Bäumen und Bergen gar nicht wieder zurechtfinden und blickte verstört in der fremden Gegend umher. Da lag weit und breit alles so still im schönsten Mondglanz. Zu seinem großen Erstaunen aber glaubte er auf der Waldwiese unter sich den Jäger Florentin zu bemerken. Er schien in einem Bache sich zu waschen, seine dunklen Locken verschatteten sein Gesicht, der Mondschein spielte wie liebestrunken über den schönen entblößten Nacken und die Schultern des Jünglings. Dann horchte Florentin plötzlich auf, denn von den Bergen ließ sich derselbe Gesang wieder vernehmen, den der Prinz schon im Traume gehört hatte.

Romano schloß verwirrt die Augen, um die lieblichen Traumbilder nicht zu verscheuchen. Da war es ihm, als hörte er durch die Stille der Nacht den jungen Jäger zwischen dem Flüstern der Wipfel und Blätter unten mit jemand sprechen. Als er die Augen wieder aufschlug, sah er, wie soeben ein fremder Mann mit langem weißem Bart und weitem faltigem Mantel von dem Jüngling fortschritt. Ihn graute fast, denn der Alte kam ihm bekannt vor, er glaubte den alten wahnsinnigen Harfner aus »Wilhelm Meister« zu erkennen. Betroffen und erschüttert sprang er nun auf. Da flog auch Florentin schon über die tauige Wiese, und alles war, wie ein Elfenspuk auf einmal zerstoben. Nur der Gesang verhallte, noch in der weitesten Ferne, und aus dem Zwielicht des anbrechenden Morgens ragten die Türme eines alten Schlosses traumhaft über den Wald hervor.

»Was für ein Phantast ist doch die Nacht!« sagte der Prinz zu sich selbst, noch immer in das mondbeglänzte Tal hinabstarrend. »Und das ist wohl gar schon Leontins verwünschtes Schloß!« rief er dann freudig aus, schüttelte schnell die schwülen Träume ab, schwang sich wieder auf sein Roß und ritt wohlgemut der neuen Erscheinung zu.

Die Wälder in der Runde rauschten noch verschlafen, in den Tälern aber krähten die Hähne, und hin und her blitzten schon Ströme und einzelne Dächer im Morgenlicht auf. So war er lange, in sich selbst versunken, den alten Türmen entgegengeritten, die sich immer höher aus dem stillen Grau erhoben, als er plötzlich hinter einem dichten unzugänglichen Gebüsch vor sich sehr heftig reden hörte. Er hielt einen Augenblick an und vernahm deutlich die Worte:

»Wo führst du mich hin, aus Grau durch Nacht zur Hölle? Ich geh' nicht weiter – hier endest du, und alles bricht zusammen!« – Eine andere Stimme, wie es schien, rief nun, wie aus tiefstem Weh: »Erbarmen!«

Romano stutzte. Verwirrt noch, wie er war, von der schlaflosen, träumerischen Nacht, schien ihm dies ein unverhofftes, preiswürdiges Abenteuer. Er faßte sich ein Herz und rief in das Gebüsch hinein:»Zurück, Vermessener, wer du auch seist! Die mordbrütende Nacht schlägt über dir ihren dunkeln Mantel auseinander, und das Auge Gottes blickt wieder durch die Welt!«

Hierauf wurde auf einmal alles still, und der Prinz, dadurch ermutigt, wiederholte seinen Donnerruf.

Der Unbekannte hinter dem Busch aber schien inzwischen durch die Zweige die Gestalt des Reiters ins Auge gefaßt zu haben, die in ihrem überwachten Zustande auf dem müden Roß allerdings an Don Quichotte gemahnte. Dies mochte ihm Mut einflößen, und er erwiderte plötzlich mit kecker, gewaltiger Stimme:»Verwegener! greife nicht in das Rad fremder Verhängnisse! Weiche von mir, so dir dein Leben teuer ist!«

Nach dieser Stimme schien es ein großer, massiver Kerl zu sein. Der Prinz geriet in einige Verlegenheit, er war unbewaffnet und auf keine Weise auf solche unerwartet entschlossene Antwort gefaßt gewesen. Während er aber noch so nachsann, was hier zu tun oder zu lassen, erhob der Unsichtbare schon wieder seine Stimme. »Hoho!« rief er.»Morgenstunde hat Blut im Munde. Das Messer ist gewetzt, das Wild umsetzt, ein reicher Fang, hussa zum letzten Gang!«

Jetzt schien er durch das Gebüsch hervorbrechen zu wollen. Romano wandte sein Pferd, aber es verwickelte sich zwischen Wurzeln und Sträuchern, er konnte weder vornoch rückwärts. Zum Glück bemerkte er soeben in der Nähe einige Hirten und schrie aus Leibeskräften:»Zu Hilfe! Räuber, Mörder! faßt den Kerl, bindet ihn!«

Die Hirten, junge, fröhliche Burschen, ließen sich das nicht zweimal sagen; sie sprangen rasch herbei, und es entspann sich hinter dem Gebüsch ein verworrenes Trampeln, Balgen und Schimpfen. Als der Prinz sich nun vorsichtig wieder näherte, hatten sie den Wilden schon beim Kragen: einen kurzen, dicken Mann, der in größter Wut nach allen Seiten um sich stieß.

»Nun, das ist gar das Unglublichste! Herr Faber!« rief Romano voller Erstaunen aus. Es war in der Tat niemand anders, als der alte

Dichter. – »Das kommt von Euren tollen Streichen!« schrie er dem Prinzen entgegen; »schon vom nüchternen Morgen seid Ihr im romantischen Tran!« – In dem Getümmel flogen seine Manuskripte auf dem Rasen umher. Da verstand er keinen Spaß; außer sich vor Zorn, versetzte er mit unglaublicher Behendigkeit dem einen eine tüchtige Ohrfeige. Aber die Hirten ließen sich nicht irremachen. Sie hatten lange genug auf eine Gelegenheit gewartet, an dem Poeten einmal ihr Mütchen zu kühlen, der ihnen in seinem vornehmen, gelehrten Müßiggange von jeher ein Ärgernis war. Und so schleppten sie ihn denn trotz aller Gegenrede in einem Anfalle handgreiflichen Humors als Arrestanten nach dem Schlosse zu.

Es war ein wunderlicher Zug. Faber, da er sich überwältigt sah, erschöpfte sich in wütenden Vergleichungen zwischen jungen Sauschlingeln und alten Hauklingen, die beide ungeschliffen seien, zwischen Bauern und Walnußbäumen, die am besten gediehen, wenn man mit Knütteln nach ihnen schmisse. Dazwischen rief er wieder lachend dem Prinzen zu: »Aber Ihr habt Euch trefflich gefürchtet vor mir!« – »Jawohl, schon gut, mein Lieber!« erwiderte Romano und hielt jedesmal sein Pferd an, wenn der Gefangene sich umwandte; denn er hatte insgeheim die Meinung gefaßt, daß Herr Faber an periodischem Wahnsinn leide und eben seinen Anfall habe.

Über dem Lärm und Gezänk in der frühen Morgenstille wurde alles wach, wo sie vorüberzogen. Hunde bellten, Bauernköpfe fuhren verschlafen und verwundert aus den kleinen Fenstern.

So waren sie, um eine Bergsecke tretend, plötzlich an eine hohe Felsenwand gekommen, von der Leontins alte Burg fast senkrecht herabschaute. In dem einen Erker flog rasch ein Fenster auf. Eine wunderschöne Frauengestalt, noch halb entkleidet, wie es schien, den Busen von den herabringelnden Locken verhüllt, bog sich neugierig über den Abgrund hinaus und bedeckte mit der kleinen, weißen Hand die Augen vor der Morgensonne. Die Hirten schienen sich auf einmal ihres Unterfangens zu schämen und hatten bei der schönen Erscheinung ihren Gefangenen blöde losgelassen. – »Ich appelliere, als ein Dichter, von dem Gericht der Pairs und vom Haus der Gemeinen an den hohen Minnehof!« rief der befreite Faber zu seiner Retterin hinauf. – »Aber was brecht Ihr denn so wütend den Tag an? Ist denn ein ganzer Sommertag nicht lang genug zu Narrenstreichen?« schallte die liebliche Stimme, wie aus Morgenlüften, zu ihnen hernieder. – Faber aber trat vor die gewaltigen Schranken, sich feierlich verteidigend, und es kam nun heraus, daß er, vom Hundegetön und Hörnergeheul aus Schlaf und Schloß getrieben, in der Morgeneinsamkeit des Waldes an seinem neuen Trauerspiele habe weiterdichten wollen und eben daraus eine Stelle rezitierte, als der Prinz ankam, den er sogleich erkannt und, das Mißverständnis bemerkend, ihn mit trefflichem Erfolge ins Bockshorn zu jagen versucht habe.

Darüber wurde die Dame erst den Fremden gewahr. Sie warf erschrocken einen fragenden Blick auf ihn, schloß dann schnell das Fenster, und die freudige Erscheinung, deren Züge Romano aus dem blendenden Sonnenglanze nicht zu erkennen vermochte, war plötzlich, wie ein Morgentraum, wieder verschwunden. – Auch die Hirten hatten sich währenddes im Grünen verlaufen; Herr Faber dagegen war schon weit fort und haschte eifrig die verlornen Blätter seines Trauerspiels, die der Morgenwind, wie Schmetterlinge, mutwillig umhertrieb. Und so sah sich denn Romano in der feierlichen Morgenstille auf einmal wieder einsam vor dem fremden, rätselhaften Schlosse, noch immer in das funkelnde Fenster hinaufstarrend, als plötzlich einer seiner vertrautesten Jäger in gestrecktem Galopp über den Waldgrund dahergeflogen kam. »Was bringst du?« rief ihm Romano gespannt entgegen. – »Sie haben sich nach der andern Seite des Gebirges gewandt, es ist alles verloren!« erwiderte der Jäger atemlos. – »Wissen es die andern? Rücken deine Gesellen nach?« – »Nein, denn der Graf Leontin ist nicht im Schloß.« – »Nicht zu Hause?!« rief der Prinz, »so führe mich rasch zu ihm!«

Hiermit setzte der Jäger die Sporen wieder ein, Romano sprengte nach, und der Wächter, der eben von der Schloßwarte den Tag anblies, sah verwundert die beiden fremden Reiter unten in die beglänzte Landschaft hinausjagen.

Schöne, fröhliche Jugendzeit, was tauchst du wie ein wunderbares Land im Traume wieder vor mir auf! Die Morgenglocken tönen von neuem durch die weite Stille, es ist, als hört' ich Gottes leisen Tritt in den Fluren, und ferne Schlösser erst und Burgen hängen glühend über dem Zauberduft. Wer ahnt, was das geheimnisvolle Rauschen der verträumten Wälder mir verkünden will? – Ich höre die Ströme unten gehen und weiß nicht, wohin sie ziehen, ich bin so voller Glanz und Klang und Liebe und weiß noch nicht, wo mein künftiges Liebchen wohnt! – Da über die Berge, zwischen den ersten Morgenlichtern sehe ich einen jungen rüstigen Gesellen wandern, einen grünen Eichenzweig auf dem Hut, die braunen Locken vom Tau funkelnd, so frisch und keck, als ging's ins Paradies. Und mir ist, als müßt'ich alles liegen lassen und wieder mitreisen, als nun die Sonne plötzlich die schimmernden Abgründe aufdeckt und der Gesell im Wandern in die Tälern hinabsingt:

»Vom Grund bis zu den Gipfeln,
Soweit man sehen kann,
Jetzt blüht's in allen Wipfeln,
Nun geht das Wandern an:

Die Quellen von den Klüften,
Die Ström' auf grünem Plan,
Die Lerchen hoch in Lüften,
Der Dichter frisch voran.

Und die im Tal verderben
In trüber Sorgen Haft,
Er möcht' sie alle werben
Zu dieser Wanderschaft.

Und von den Bergen nieder
Erschallt sein Lied ins Tal,
Und die zerstreuten Brüder
Faßt Heimweh allzumal.

Da wird die Welt so munter
Und nimmt die Reiseschuh,
Sein Liebchen mitten drunter.
Die nickt ihm heimlich zu.

Und über Felsenwände
Und auf dem grünen Plan,

Das wirrt und jauchzt ohn' Ende –
Nun geht das Wandern an!«

Nun aber war es wirklich, als würde das Lied auf einmal lebendig; denn Stimmen ließen sich plötzlich im Walde vernehmen, einzelne Jäger erschienen bald da, bald dort im Morgenglanz an den Klippen hängend und wieder verschwindend, dazwischen lange, gezogene Waldhornsklänge bis weit in die fernsten Schlüfte hinein, lustiges Hussa, Roßgewieher, Schüsse und Hundegebell, und über den grünen Plan unten sprengte eine Frauengestalt in prächtigem Jagdkleid, mit den hohen Federn ihres grünsamtnen Baretts sich in den heitern Morgenlüften zierlich auf dem Zelter wiegend und fröhlich nach der glänzenden Reiterschar ihrer Begleiter zurückgewandt, von der bei jedem ihrer Worte ein beifälliges, entzücktes Lachen heraufschallte. – Dem Wanderer aber flog bei dem unerwarteten Anblick eine leuchtende Erinnerung durch die Seele, die ganze Erscheinung war ihm wie eine wunderbare Verheißung; er schwenkte jauchzend seinen Hut über den Vorüberziehenden und blickte ihnen nach, bis sie alle im Walde wieder verschwunden waren. »Seht Ihr ihn?« sagte Gräfin Aurora heimlich vergnügt zu Herrn Publikum – denn niemand anders waren die Jagenden unten – »seht Ihr den Prinzen Romano oben? Ich wußt' es wohl, daß er nicht lange wegbleiben wird. Aber was geht es mich an! Wir tun, als hätten wir ihn nicht bemerkt.« – »Vortrefflich, Göttliche! – gewiß romantische Flausen wieder – verdammtes Biest!« – erwiderte Publikum in tausend Nöten, ängstlich den straubigen Hals seines unruhigen Kleppers streichelnd, der soeben zum Schrecken des furchtsamen Reiters mit weit vorgestreckten Nüstern in die frische Morgenluft hinauswieherte.

So waren sie von neuem auf einen freien grünen Platz gekommen, als plötzlich vor ihnen ein verworrenes Geschrei aus dem Walde brach; mehrere Schüsse fielen auf einmal, und ein wütender Eber, von wilden Rüden gehetzt, mit den gefletschten Hauern, Schaum und Blut und Überreste des durchbrochenen Netzes nach allen Seiten um sich schleudernd, stürzte gerade auf die Reiter los. Nun war es nicht anders, als ob ein Wirbelwind durch einen Trödelmarkt führe; Hüte, Tücher und Federn flatterten mit einem Male auf dem Rasen umher, die scheugewordenen Pferde drängten und bäumten, Hallo und Angstgeschrei dazwischen; Aurora war mit ihrem Gewande in einen mutwilligen Strauch geraten, das schönste Knie blitzte blendend durch das Getümmel. Vor allen aber sah man Herrn Publikum wie einen zusammengerollten dicken Knäuel, den Hals seines Pferdes umklammernd, weithin über den Anger fliegen; die kecken Novellisten feuerten tapfer drein, aber jeder Schuß klatschte so wunderlich in der Luft, daß jedesmal die Jäger in der Runde laut auflachten.

Unterdes war das Ungetüm, mit der verbissenen Meute an den Fersen, pfeilschnell vorübergeschossen. Die Zersprengten sammelten sich wieder, man atmete tief auf, lachte und scherzte; jeder wollte zum Schutz der Damen besondern Mut bewiesen haben. Auch den unaufhaltsamen Publikum hatten die Wildtreiber im Gehölz wieder aufgefangen. Er war ganz außer sich vor Zorn, mit nie gesehener Beweglichkeit bald sein Halstuch lüftend, bald nach allen Seiten schnell ausspuckend, schimpfte er auf seine Leute, die ihm so ein tolles, unbändiges Roß gegeben, auf das liederliche Zaumzeug und das ganze dumme, rohe Jagdvergnügen. »Wer tat das?« rief er endlich, rot und blau im Gesicht wie ein kalkuttischer Hahn. – »Wer tat das?« gellerten die nun aus Gefälligkeit gleichfalls entrüsteten Novellisten nach. Und so mit Hall und Widerhall, dem keine Antwort folgte, vertoste endlich der ganze Schwarm im Walde wieder.

Die Jäger wußten recht gut, wer es getan, sie mochten's aber nicht verraten. Florentin hatte die Flinten für die Literatoren blind geladen und soeben den umstellten Eber heimlich aus dem Garne gerade auf die Herrschaften losgelassen.

Weit davon fanden späterhin einige von ihnen das mutwillige Jägerbürschchen mitten im wildesten Gebirge, Pferd und Reiter atemlos und fast taumelnd vor übergroßer Ermüdung. Er hörte kaum auf ihre Erzählung von dem Erfolg seines Schwanks. »Was kümmert's mich!« unterbrach er sie heftig, wie ein übellaunisches Kind; »es ist mir alles verdreht und verdrießlich, ich mag nicht mehr jagen! ich mag nicht mehr reiten! ich will allein sein! Ich bitt' euch, ihr lieben, närrischen, langweiligen Leute, laßt mich allein!« – Und kaum hatten die Jäger kopfschüttelnd ihn wieder verlassen, so warf er sich in der Einsamkeit vom Pferde in das hohe Gras und weinte bitterlich – leichte Wolken flogen eilig über das stille, enge Waldtal fort, in weiter Ferne verhallte noch das Lied des fremden Wanderers auf den Höhen.

Es war schon dunkel geworden, da schritt der wandernde Sänger noch immer rüstig durch den Wald. Er blieb soeben ungewiß an einem Kreuzwege stehen, als er plötzlich Stimmen und Pferdetritte in der Ferne hinter sich vernahm. Sie schienen sich in stolpernder Eile zu nähern, und bald konnte er deutlich unterscheiden, was sie sprachen. – »Das kommt bei den Schnurren heraus«, sagte der eine; »Zeit und Mühe verloren, und wenn es lange so dauert, verlier' ich meine Beine dazu, denn sie hängen mir nur noch wie ein Paar ausgestopfte Lederhosen am Leibe.« – »Du hast sonst einen feinen Verstand«, entgegnete der andere; »aber wenn du einmal hungrig wirst, bist du ganz gemein und unerträglich. Da wirst du ganz Magen mit einigen schlotterigen Darmkanälen von Gedanken, die von keinem Dufte träumen als dem eines Schweinebratens, und von keinem Innerlichen als dem einer dicken Blutwurst.«

Jetzt kamen – als ob sie den verlorenen Tag suchten – zwei Männer, jeder sein Pferd hinter sich am Zügel führend, zum Vorschein, in denen wir sogleich den Prinzen Romano und seinen Jäger wiedererkennen. Sie hatten im blinden Eifer immer über das Ziel hinausgeschossen, den Grafen Leontin überall verfehlt und kehrten nun ermüdet und verdrüßlich von der vergeblichen Irrfahrt zurück. – Kaum erblickte Romano den Fremden, als er ihm mit übertriebener Tapferkeit, womit Erschrockene wieder erschrecken wollen, ein furchtbares »Halt!« zurief. Dann, nach und nach näher tretend und ihn vom Kopf bis zu den Füßen betrachtend, fragte er ihn endlich gelassener, ob er den Grafen Leontin kenne und ihm vielleicht in diesem Walde begegnet sei. – »Ich kenne ihn nicht«, erwiderte der Wanderer; »aber ich möchte ihm wohl begegnen. Im letzten Dorfe sagte man mir, er sei soeben von einer Jagd heimgekehrt, und ich gedenke noch heut auf seinem Schlosse, von dem ich schon viel Seltsames gehört, einzusprechen.«

Das wollte eben Romano auch, und sie beschlossen nun, die Fahrt gemeinschaftlich fortzusetzen. – Die Pferde waren müde, der Weg uneben, so wanderten denn alle zu Fuß nebeneinander hin; der Tritt der Rosse an den Steinen und Wurzeln schallte durch die weite Stille, über ihnen blitzten die Sterne im dunkeln Laub, oft sahen sie einander von der Seite schweigend an, um die Signatur der unbekannten Gesichter bei flüchtigem Mondblick zu erraten. – Der heitere fremde Wanderer brach zuerst das Schweigen. Mit der glücklichen Unbefangenheit der Jugend erzählte er, während sie so durch die Nacht fortzogen, mancherlei aus seinem früheren Lebenslauf. Er nannte sich Willibald. Der Sturm der Zeit, der so viele Sterne verlöscht und neue entzündet, hatte auch den Stammbaum seines alten, berühmten Geschlechts zerzaust: seine Eltern starben an gebrochnem Stolz, ihre Güter und seine Heimat waren längst an andre Besitzer gekommen, die er nicht einmal dem Namen nach kannte. Aber Unglück gibt einen tiefen Klang in einem tüchtigen Gemüt und hatte auch ihn frühzeitig durch den tragischen Ernst des Lebens der Poesie zugewendet. Mit freudigem Schauer fühlte er sich bald einer andern, wunderbaren Adelskette angehörig, über welche die Zeit keine Gewalt hat, und rasch Konnexionen, Brotperspektiven und allen Plunder, der das Gemeine bändigt, von sich abschüttelnd, zog er nun eben arm, aber frei und vergnügt, in die Welt wie in sein weites, fröhliches Reich hinaus. Nur seine schöne Heimat, die am Ausgang dieses Gebirges lag, und an der seine Seele mit aller Macht jugendlicher Erinnerung hing, wollte er noch einmal wiedersehen und dann sich nach Italien wenden.

Während dieser Mitteilung hatten die Wanderer kaum bemerkt, daß ein furchtbares Gewitter im Anzuge war. Bald aber hallte der Donner immer vernehmlicher zwischen den dunkeln Bergen herauf, ferne Blitze erleuchteten oft wunderbare Abgründe neben ihnen, die sich sogleich wieder schlossen. Willibald schaute freudig in die prächtige Nacht. Romano dagegen, der von frühester Jugend an seine Katzennatur bei Gewittern nicht überwinden konnte, wurde immer unruhiger. Er drückte bei jedem Blitz die Augen fest zu, er versuchte ein paarmal zu singen, aber es half alles nichts; er mußte sich entweder der Länge nach auf die Erde hinstrecken oder unausgesetzt laut reden. Glücklicherweise fiel ihm soeben ein seltsames Abenteuer ein, das ihm früher einmal in einer solchen Gewitternacht begegnet. Und ohne danach zu fragen, ob Willibald auf ihn hörte, ging er so dicht als möglich neben ihm her und hub, schnell fortschreitend und sich nach und nach immer mutiger sprechend, sogleich folgendermaßen zu erzählen an:

»Als ich nach den unglücklichen Kriegen meinem heimkehrenden Regimente nacheilte, erlebte ich eine ähnliche Nacht, und in dieser Nacht wunderbare Dinge, vor denen uns heute der Himmel bewahren möge! Ich hatte nämlich damals, um sicherer und fröhlicher zu reisen, mich einem desselben Weges ziehenden Reiterhäuflein angeschlossen, mit dem ich an einem heitern Sommerabend auf einem von Bergen eingeschlossenen Wiesental anlangte. Ein Dorf war in dem nächsten Umkreise nicht zu erblicken, dagegen hatte ein altes, schwerfälliges Schloß, das ganz einsam auf einem der Hügel emporragte, schon in der Ferne meine Aufmerksamkeit auf sich gezogen. Da die Nacht bereits hereingebrochen und in dem Schlosse schwerlich für so viele Pferde gehöriges Unterkommen zu finden war, so beschloß der Trupp, die schöne Nacht im Freien zuzubringen. Mir aber war ein unnützer Biwak mit seinen alle Glieder durchrieselnden Morgenschauern eben nicht sehr gelegen, außerdem hätte ich gern die nähere Bekanntschaft des Schlosses gemacht, das recht geheimnisvoll durch die Nacht herschaute. Ich ritt daher mit mehr abenteuerlicher Neugier als Vorsicht, nur von meinem Bedienten begleitet, nach der Burg hin.

Das Tor war geschlossen. Wir klopften lange vergeblich. Endlich, als mein sonst phlegmatischer Bedienter, dem überhaupt dieses Abenteuer nicht willkommen war, sich erboste und mit seinem Säbelgriff so unermüdlich anhämmerte, daß es dumpf durch das alte Gemäuer widerhallte, knarrte eine Tür, und wir sahen den Schein eines sich von innen nahenden Lichtes über die Mauern schweifen. Das Tor wurde nicht ohne große Anstrengung geöffnet, und ein alter Mann, der das Ansehen eines Dieners hatte, trat mit weit vorgestreckter brennender Kerze hastig hervor, beschaute uns in höchst gespannter, fast trotziger Erwartung von oben bis unten und fragte dann sichtbar beruhigter und mit einem Gemisch von Verlegenheit und Ironie, was diesem Schlosse die Ehre eines so späten Besuches verschaffe. Ich eröffnete ihm meinen Wunsch, hier zu übernachten. – ›Das wird nicht gut angehen‹, sagte der Alte. ›Die Herrschaft‹, setzte er mit einer seltsamen Miene hinzu, ›die Herrschaft schläft schon lange.‹ – ›Nun, so laß sie schlafen‹, erwiderte ich; ›wir sind genügsam, und es gilt auch nur bis zu Tagesanbruch.‹

Der Alte schien sich einen Augenblick zu besinnen, maß uns noch einmal mit scharfen Blicken und wies dann endlich meinem Bedienten einen vom Tore weit abgelegenen Stall an, wo der übelgelaunte Knappe, etwas von elendem Hundeloche usw. unter dem Bart murmelnd, die ermüdeten Pferde hineinzog. Darauf führte mich unser Schloßwart, stillschweigend voranleuchtend, über den weiten gepflasterten Hof eine steinerne Treppe hinauf, welche, wie ich bei dem flüchtigen Scheine der Kerze bemerken konnte, nicht im besten Stande zu sein schien. Wir traten in ein altes Gemach, worin zu meinem Erstaunen ein fertiges Bett und alles zum Empfang eines Gastes eingerichtet war. ›Ihr seid nicht unvorbereitet, wie ich sehe‹, sagte ich lächelnd zu dem Alten. – ›Das bringen die häufigen Durchmärsche so mit sich‹, erwiderte dieser und entfernte sich schnell, kehrte aber bald mit einer Flasche Wein und einem kalten, ziemlich knappen Imbiß wieder zurück. Ich wollte nach dem Namen und sonstigen näheren Verhältnis der Schloßbewohner fragen; aber der Alte entschlüpfte mir gewandt mit einem tiefen Bückling und ließ sich nicht wieder sehen.

Ich hatte nun Muße genug, mich in meiner sonderbaren Behausung genau umzusehen. Das einfache Feldbett, ein altmodischer, mit Leder überzogener und mit gelben Zwacken verzierter, ziemlich wackliger Lehnstuhl und ein ungeheurer Tisch von gleicher Beschaffenheit machten das ganze Stubengerät aus. In dem hohen Bogenfenster schienen oben mehrere kleine Scheiben zu fehlen. Die Wände waren nur noch zum Teil mit schweren, an manchen Stellen von oben bis unten aufgerissenen Tapeten bedeckt, von denen mich halb verblichene, lebensgroße Bilder bei dem ungewissen Licht der Kerze fast schauerlich anblickten. Alles erregte das wehmütigste Gefühl vergangener Herrlichkeit. – Ich legte mich in das Fenster, das auf das Tal hinausging, aus welchem ich gekommen war. Es blitzte von fern, unten sah ich die Feuer des Biwaks und konnte in der grellen Beleuchtung die Gestalten der darum gelagerten Reiter unterscheiden, von denen von Zeit zu Zeit ein fröhliches Lied und das Wiehern einzelner Rosse durch die mondhelle Nacht herüberschallte. Da fiel es mir aufs Herz, daß ich heut, wider meine sonstige Gewohnheit, vergessen hatte, vor allem andern nach meinen Pferden zu sehen. Ich ging daher noch einmal in den Hof hinunter. In dem unwirtlichen, halbverfallenen Stalle fand ich meinen Bedienten im tiefsten Schlafe und die Pferde so sicher und gut aufgehoben, als es hier die Umstände erlaubten. Ich lehnte die alte Tür wieder an, konnte aber auf dem Rückwege nicht unterlassen, einen Augenblick in dem geräumigen Hofe zu verweilen und den wunderlichen Bau genauer zu betrachten, dessen Umrisse im Mondschein nur um desto schärfer hervortraten. Das Schloß bildete ein vollständig geschlossenes Viereck, an dessen innerer Seite eine von mancherlei kleinen Treppen und Erkern verworren unterbrochne steinerne Galerie herumlief, auf welche die Türen, zum Teil auch einzelne Fenster der Gemächer hinausgingen. Eine Totenstille herrschte in dem ganzen finstern Bau, nur die verrosteten Wetterhähne drehten sich knarrend im Winde, der sich jetzt heftiger erhoben hatte und schwere, dunkle Wolken über den einsamen Hof hinwegtrieb. Indem ich eben wieder die große Treppe hinaufsteigen wollte, bemerkte ich einen schwachen, flüchtigen Lichtschimmer, der von dem entgegengesetzten Flügel des Schlosses herüberzukommen schien. Ich scheute nicht die Mühe, auf kleinen, zum Teil schwankenden Stiegen zu jenem Teile der Galerie zu gelangen, und überzeugte mich nun bald, daß das Licht aus einem zwar ängstlich, aber doch nicht sorgsam genug verhangenen Fenster hervorbrach, welches auf die Galerie hinaussah. Ich blickte durch die kleine Öffnung und sah mit Entsetzen mitten im Gemach auf einem köstlichen Teppich einen schönen, mit einem langen grünen Gewande und blitzenden Gürtel geschmückten weiblichen Leichnam ausgestreckt, die Hände über der Brust gefaltet, das Gesicht mit einem weißen Tuch bedeckt. Der alte Schloßwart, den Rücken nach dem Fenster gewendet, war im Hintergrunde beschäftigt, eine mattlodernde Lampe in Ordnung zu bringen, während er, wie es schien, Gebete leise vor sich hermurmelte. Mich schauerte bei diesem unerwarteten Anblick, mir fielen die Worte des Alten wieder ein: die Herrschaft schläft –«

»Wahrhaftig!« unterbrach hier Willibald lächelnd den Erzähler, »Sie hoffmannisieren recht wacker.« – Indem aber blitzte es soeben wieder. Romano blieb die Antwort schuldig, drückte die Augen ein und fuhr eilig und überlaut zu erzählen fort:

»Ich eilte nun in der ersten Bestürzung fort nach meinem Schlafgemach, um meine Waffen zu holen und hier vielleicht ein schauderhaftes Verbrechen an das Tageslicht zu bringen. Indes, noch ehe ich über die verschiedenen Treppen und verwickelten Gänge den andern Schloßflügel erreichte, besann ich mich, wie nutzlos mein

Unternehmen jetzt im Finstern, in einem mir gänzlich unbekannten Hause sein müßte, dessen vielfache Ausgänge und Erker den kundigen Bewohnern tausend Schlupfwinkel darboten. Ich beschloß daher nach einigem Nachdenken den Tag abzuwarten und bis dahin ein wachsames Auge auf alles zu haben, was in dem Schlosse vorgehen möchte.

Zu diesem Behuf ließ ich die Tür meines Gemaches offen, aus welchem ich einen Teil der Galerie und den ganzen Hof übersehen konnte. – Draußen im Felde waren die Stimmen der Reiter verschollen und die Wachtfeuer ausgelöscht. Der Sturm erhob sich immer stärker und ging mit entsetzlichen Jammertönen durch das alte Gemäuer. Auch meine Kerze war unterdes ausgebrannt. – Gespannt und auf jeden Laut aufhorchend, setzte ich mich daher völlig angekleidet auf mein Bett und malte mir auf dem dunkeln Grund der Nacht wilde phantastische Bilder aus. Eine schauerliche Vorstellung reihte sich verworren an die andere, bis ich endlich, der Ermüdung erliegend, in unruhigen Träumen einschlummerte. Plötzlich fuhr ich von meinem Lager auf, von einem heftigen Donnerschlage aufgeschreckt. Ich sprang an die Stubentür, von der mich ein kalter Wind anblies. Es war ein furchtbares Gewitter, so recht ingrimmig, ohne Regen. Eine dicke Finsternis verhüllte Schloß, Hof und Himmel.« ´– Hier zuckte von neuem ein Blitz leuchtend über die ganze Gegend, und Leontins Schloß, wie in Feuer getaucht, stand auf einmal vor ihnen über dem Walde. – »In der Tat«, sagte Romano erstaunt, »wüßte ich nicht – gerade so sah damals das Spukschloß aus! – Doch eilen wir, unser Weg und meine Geschichte sind gleich zu Ende.« Er fuhr wieder fort: »Wie ich nun so aus der Tür in das Dunkel hinausstarre, schlängelt sich plötzlich ein Blitz über den Zinnen, und ich erblicke mit Grausen in der Tür, welche aus dem gegenüberstehenden Schloßflügel auf den Hof hinausführte, das tote Fräulein mit demselben grünen Gewände und funkelnden Gürtel, wie ich sie in jenem Gemache gesehen, stumm und regungslos aufgerichtet, das Gesicht leichenweiß und unbeweglich; über den Rücken wallte ein langer dunkler Mantel herab. Neben ihr stand eine hohe Gestalt, in einen gleichfalls dunkeln weiten Mantel tief verhüllt.

Die Finsternis verschlang sogleich wieder die flüchtige Erscheinung. Ich heftete meine Blicke durchdringend und unausgesetzt auf den grauenvollen Punkt, als nach einer geraumen Pause abermals einer von jenen langen oder vielmehr sich unaufhörlich wiederholenden Blitzen erfolgte, wo sich gleichsam der ganze Himmel wie ein rotes Auge aufzutun scheint und eine gräßliche Beleuchtung über die stille Erde umherwirft.

Da sah ich, wie das Fräulein mit dem entsetzlich starren Gesicht, die andre dunkle Gestalt und noch ein dritter Vermummter, in welchem ich den alten Schloßwart zu erkennen glaubte, sich im Hofe, ohne ein Wort miteinander zu wechseln, feierlich auf drei schwarze Rosse erhoben, deren Mähnen sowie die Enden der weiten, faltigen Mäntel in dem Gewitterwinde wild umherflatterten. Lautlos, wie ein Leichenzug, bewegte sich darauf die seltsame Erscheinung durch das geöffnete Schloßtor, den Hügel hinab, immer tiefer, weiter.«

»Was ist das?« schrie hier Romano plötzlich voll Entsetzen auf. Auch Willibald stutzte, betroffen in die Ferne hinausblickend. Das wilde Wetterleuchten hatte das Schloß vor ihnen wieder grauenhaft erhellt, und im Tore erblickten sie deutlich die Leichenbraut mit dem grünen Gewande und funkelnden Gürtel, zwei dunkle Gestalten neben ihr, lautlos auf drei schwarzen Rossen, die faltigen Mäntel im Winde flatternd, als wollten sie eben wieder ihren nächtlichen Auszug beginnen.

»Nun, das ist der wunderlichste Ausgang Ihrer Geschichte!« sagte Willibald, sich schnell fassend, als die zurückkehrende Finsternis auf einmal alles wieder bedeckt hatte. – »Ausgang?« rief Romano ganz verstört, »sahen Sie denn nicht, wie sie entsetzlich immer fortspielt?« – »Aber erfuhren Sie denn damals nicht – ?" – »Nein, nein«, erwiderte der Prinz hastig: »kehrte ich doch am Morgen das ganze Haus um, alles leer, wüst, verfallen, ohne Fenster und voll Schutt, hohes Gras auf dem gepflasterten Hofe; die Bauern sagten nachher, das Schloß sei seit hundert Jahren nicht mehr bewohnt.«

Währenddes hatte Willibald den Prinzen unter den Arm gefaßt und riß ihn über Stock und Stein durch die Finsternis mit sich fort. Der heftige Gewitterwind blies an den Felsennasen um sich her, zwischendurch hörten sie ein verworrenes Gemurmel, wie von vielen Stimmen, und immer stärker, je näher sie dem Schloß kamen;

zuweilen war es ihnen, als schweife der Widerschein einer Fackel flüchtig über das alte Gemäuer der Burg.

So standen sie, ehe sie's dachten, vor dem Tor. Die gespenstischen Reitergestalten waren verschwunden. Der erste aber, der ihnen entgegentrat, war der alte geheimnisvolle Diener, eine brennende Kerze vorhaltend und die Eindringenden trotzig betrachtend. – Da hielt sich Romano nicht länger, seine Einbildung war von dem raschen Gange, dem Sturm und den wilden Erscheinungen bis zum Wahnsinn empört. »Schläft deine Herrschaft noch immer, verfluchter alter Daniel!« rief er außer sich, den Alten an der Brust fassend. Dieser, voll Zorn über den unerwarteten Überfall, faßte ihn sogleich wieder und rang mit ihm. Willibald sprang erschrocken dem bedrängten Prinzen zu Hilfe, große Hunde schlugen an, eine wachsende Bewegung erwachte tief in dem dunkeln Torwege. »Was macht ihr wieder für höllischen Lärm, ihr Phantasten!« donnerte da eine Stimme aus dem Hintergrunde dazwischen. Ein hoher, schöner Mann im langen faltigen Reitermantel, die von allen Seiten an ihn heraufspringenden Doggen beschwichtigend, trat plötzlich hervor. – »Graf Leontin!« rief Romano aus, seinen Daniel schnell loslassend – beide sahen einander eine Zeitlang erstaunt an. Endlich nahm der ganz verwirrte Prinz wieder das Wort »Wer«, fragte er, »ritt vor kurzem hier ins Tor?« – »Ich, von der Jagd, wo uns die Nacht und das greuliche Wetter überraschte!« erwiderte Leontin. – »Aber ich sah doch alles ebenso vor langer Zeit im wüsten Schloß an der Donau, diesen Alten, beim Widerschein der Blitze die vermummten Reiter im Tore.« – Hier brach Leontin plötzlich in ein unmäßiges Gelächter aus. – »Wie!« rief er, »Sie waren es? Wer konnte auch in dem verrufenen Schloß so spät noch Gäste erwarten! Die Verlegenheit war groß, Sie nahmen das Zimmer ein, das der Alte heimlich für uns bereitet hatte.« – »Und das Fräulein in der Mitte«, fuhr Romano fort, »mit dem totenbleichen, schönen starren Gesicht?« – »Freilich«, versetzte Leontin, noch heftiger lachend; »wir trauten dem unbekannten Gaste nicht und hatten Larven vorgesteckt, denn ich entführte eben damals meine Julie.«

Das hatte der wundersüchtige Romano am allerwenigsten erwartet, er verachtete im Herzen diese nüchterne Auflösung und folgte schweigend dem heitern Leontin, der nun die unverhofften Gäste, als eine köstliche Ausgeburt dieser kreisenden Nacht, in seine Burg führte. Der alte Diener ging mit seiner Kerze voran, leise etwas von verrückten Prinzen in den Bart murmelnd und manchmal noch einen wütenden Blick auf Romano zurückschleudernd. So schritten sie durch einen ganz wüsten Schloßflügel, die hohen Fensterbogen standen leer, der flackernde Schein der Kerze schweifte flüchtig über die Stukkatur an den Decken der verfallenen Gemächer; zwischen zerrissenen Fahnen, die im Zugwinde flatterten, starrten ganz gewappnete Reiterbilder die Vorübereilenden gespenstisch aus den geschlossenen Visieren an. Über eine enge Wendeltreppe gelangten sie dann auf eine steinerne Galerie, die am Innern des Schlosses fortzulaufen schien, und von der man den Burghof überblicken konnte. Dort sah es wie ein Schlupfwinkel von Räubern oder Schmugglern aus: verworrene Stimmen durcheinander, Windlichter in dem steinernen Springbrunnen sich spiegelnd, Rosse, lechzende Hunde, Jäger und Waffen, alles von Zeit zu Zeit vom bleichen Widerschein der Blitze wie in wilden Träumen wunderbar erleuchtet.

Endlich traten sie in einen ungeheuren Saal, in dessen Mitte Herr Faber ganz allein an einem großen, runden Tische saß und unmäßig speiste, ohne aufzusehen und die Kommenden sonderlich zu beachten. Ein Fenster mußte irgendwo schlecht verwahrt sein, denn das einzige Licht auf dem Tische wehte und warf Ungewisse Scheine über die Ahnenbilder an den Wänden und in den hintern, dämmernden Raum des Saales, wo eine unkenntliche Gestalt auf der Erde zu liegen schien; mit Erstaunen glaubte Romano, als er genau hinblickte, den wahnsinnigen Harfner wiederzuerkennen, der dort über seiner Harfe eingeschlafen war. – In einer Fensternische aber saß eine junge schöne Frau mit einer Gitarre im Arm, in die vom Gewitter beleuchtete Gegend hinausschauend. Sie hörten sie im Eintreten eben noch singen:

Aus der Heimat hinter den Blitzen rot
Da kommen die Wolken her,
Aber Vater und Mutter sind lange tot
Es kennt mich dort keiner mehr.
Wie bald, wie bald kommt die stille Zeit,
Da ruhe ich auch, und über mir
Rauschet die schöne Waldeinsamkeit,
Und keiner mehr kennt mich auch hier.

»Schon wieder das Lied!« rief er Leontin zu, seine Brauen finster zusammenziehend. – Da sprang sie schnell auf. »Es ist schon wieder vorüber«, sagte sie und fiel ihm heiter um den Hals. – »Das ist die Leichenbraut mit dem funkelnden Gürtel!« so stellte Leontin seine Gemahlin Julie lächelnd dem Prinzen vor. Sie errötete, und Romano erkannte sogleich die schlanke Gestalt wieder, die er schon heute am frühen Morgen im Erker erblickt hatte. Mit romanesker Galanterie sagte er, fein auf ihr wehmütiges Lied anspielend: sie sei ein zarter Waldhornslaut, berufen, weithin in den Tälern den Frühling zu wecken, nicht aber an den finstern Tannenwipfeln dieser starren Waldeinsamkeit ihren melodischen Zauber zu verhauchen. – Sie sah ihn mit den frischen klaren Augen groß an, lachte ihm, als er fertig war, geradezu ins Gesicht und wandte sich dann ohne weiteres, um in der verworrenen Wirtschaft zur Aufnahme der späten Gäste das Nötige zu besorgen.

Romano sah ihr nicht ohne einige Empfindlichkeit nach, als seine Blicke zufällig an der gegenüberstehenden Wand auf ein Porträt fielen, das seine ganze Aufmerksamkeit in Anspruch nahm. Es war ein überaus schönes Mädchengesicht, mutwillig aus einer seltsamen, phantastischen Tracht hervorguckend, als fragt' es ihn neckend: Kennst du mich? – Er wußte es, er hatte diese wunderbaren Züge oft gesehen und konnte sich doch durchaus nicht besinnen. Voll Neugierde fragte er endlich den Grafen Leontin. – »Weitläufige Verwandtschaft«, erwiderte dieser flüchtig, mit sichtbarer Verlegenheit. Er schien die Fremden von dem Bilde ablenken zu wollen und nötigte sie eilig zum Niedersetzen; aber jeder der altväterischen Stühle, sowie er ihn ergriff, ließ der eine die Lehne, der andere ein Bein fahren. – »Ich sitze auf dem guten«, sagte Faber, ruhig weiter essend, und Leontin bat nun lachend seine Gäste, lieber mit ihm auf die Galerie hinauszukommen, wo es an handfesten steinernen Bänken nicht fehle.

So lagerte sich denn die ganze Gesellschaft abenteuerlich genug unter den Spitzbogen des alten Altans; ein schwerfälliger Tisch, Weinflaschen und Gläser wurden mit bedeutendem Lärm herbeigeschafft, auch Julie und Faber – letzterer zu Romanos großem Verdruß mit einer langen qualmenden Tabakspfeife – fanden sich wieder ein, und ein vielfach bewegtes Gespräch belebte bald den wunderlichen Kreis. Unten im Hofe aber war währenddes schon alles still geworden, auch das Gewitter hatte sich verzogen, es blitzte nur noch in weiter Ferne, und über dem verfallenen Schloßflügel sah man von allen Seiten die wunderbare Gegend im Mondschein wieder heraufglänzen.

Leontins unverwüstliche Heiterkeit und sein guter Wein, der nicht geschont wurde, überwanden bald alle Müdigkeit, und man beschloß einmütig, den kurzen, noch übrigen Teil der schönen Nacht hier zusammenzubleiben. Ein jeder mußte nun eine Novelle aus seinem Leben zum besten geben. Die Reihe traf zuletzt Willibald, der von dieser märchenhaften Umgebung tief aufgeregt schien. Mit besonderem Behagen setzten sich die andern den schönen klaren Augen des Wanderdichters gegenüber, als dieser endlich folgendermaßen zu erzählen begann:

»In den Herbstferien wanderte ich als Student mit mehreren fröhlichen Gesellen aus Halle nach dem Harzgebirge. Ich gedenke noch heute mit eigenem Vergnügen des frischen kühlen Morgens, wie wir vor Tagesanbruch durch die alten stillen Gassen zogen und hinter den noch fest zugezogenen Fenstervorhängen unsern eingebildeten Liebchen, die wir kaum einmal im Leben von fern gesehen hatten, unser Ade! zuriefen. Die Jugend, sagt man, blicke die Welt anders an als andere vernünftige Leute, sehe im funkelnden Walde Diana vorübersprengen und aus den Strömen schöne Nixen wunderbar grüßend auftauchen. Ich aber bilde mir ein, aus jungen Philistern werden alte Philister, und wer dagegen einmal wahrhaftig jung gewesen, der bleibt's zeitlebens. Denn das Leben ist ja doch nur ein wechselndes Morgenrot, die Ahnungen und Geheimnisse werden mit jedem Schritt nur größer und ernster, bis wir endlich von dem letzten Gipfel die Wälder und Täler hinter uns versinken und vor uns im hellen Sonnenschein das andere Land sehen, das die Jugend meinte.

Diesmal war es indes nur der kurze, bunte Reisetag, der dämmernd hinter uns versank, als wir fröhlich in dem heiteren Stufenberge rasteten. Die Abendsonne funkelte noch in den Fenstern des Wirtshauses, vor welchem wir über die Buchenwipfel die glänzende Landschaft und weiterhin das Vorgebirge des Harzes überschauten, das sich schon rätselhaft mit Abendnebel zu bekränzen anfing. Mir fielen alle alten schönen Sagen dieser romantischen Gegend ein, und ich dichtete die wunderlichsten Reiseabenteuer in das wachsende Dunkel hinein. Auf dem grünen Rasenplatze vor dem Wirtshause sang ein Mädchen wie ein Waldvöglein zur Harfe; fremde Wanderer kamen und schieden; wir aber hatten uns dicht am Abhänge um einen mit Weinflaschen wohlbesetzten Tisch gelagert, und meine Gefährten ermangelten nicht, ihre Schätzchen, die sie zu Hause hatten oder nicht hatten, hochleben zu lassen. Mir kam das in diesem Augenblick unbegreiflich abgeschmackt vor, in meiner Seele leuchtete auf einmal ein Bild wunderbarer Schönheit wieder auf, das ich oft im Traume gesehen und seitdem auf manchem alten schönen Bilde wiederzuerkennen geglaubt hatte. Vom Wein und dem Rauschen der Wälder und Täler unter uns wie von unsichtbaren Flügeln gehoben, sprang ich plötzlich auf; die untergehende Sonne warf eben ihr purpurnes Licht über die Gegend: ich trank aus voller Seele auf das Wohl meiner künftigen Geliebten, warf meinen Ring in das leere Glas und schleuderte Glas und Ring in funkelndem Bogen weit in das Abendrot hinaus.

Da aber begab sich's wunderbar. Denn in demselben Augenblick sahen wir unten eine Dame auf einem jener rehfüßigen arabischen Zelter über den grünen Plan sprengen, als flöge eine reizende Huri, im Abendwinde von bunten Schals und reichen schwarzen Locken umflattert, über die Oase der beglänzten Landschaft. Sie wandte sich laut lachend nach zwei jungen Reitern zurück, vor denen sie, wie zum Scherz, nach dem Saum des Waldes entfloh, wo eine andere Dame die Flüchtigen zu erwarten schien.

Da bemerkte sie den Blitz meines Ringes in der Luft. Sie schaute erstaunt zu mir herauf; im selben Moment tat die untergegangene Sonne noch einen feuerroten Blick über die ganze Gegend, und wir sahen die Reitergestalten nur noch wie bunte, sich jagende Schmetterlinge über den stillen, ernsten Grund dahinschweben.

Meine Reisegesellen feuerten der schönen Reiterin munter gute und schlechte Witze nach, verglichen sie mit einer Bacchantin, mit Luna und Fortuna, bis sie zuletzt darüber untereinander in ein gelehrtes mythologisches Gezänk gerieten. Mich ärgerte das Geschwätz, aber ich hütete mich wohl, mit dareinzureden, denn mein Anschlag war gefaßt. Und als sie sich alle endlich zur Ruhe begeben hatten, bezeichnete ich ihnen mit Kreide auf der Tür den Ort, wo ich morgen abend wieder mit ihnen zusammentreffen wollte, und stieg beim prächtigsten Mondschein den Berg hinab.

Ich hatte mir den Platz genau gemerkt, wo die Reiterin mit ihrem Gefolge verschwunden war; es gab nur *einen* Weg, ich schritt bald in tiefem Waldesdunkel, bald über hellbeschienene Wiesen frisch und fröhlich fort und kam endlich an ein einsames Gasthaus, das im klaren Mondschein am Ausgang des Waldes lag. Es war alles unendlich still ringsumher, doch glaubte ich unten im Hause noch Stimmen zu vernehmen. Ich klopfte an, die Wirtsleute waren noch wach, und ich erfuhr zu meiner unbeschreiblichen Freude, daß wirklich zwei Damen zu Pferde, die eine jung, schön, mit langen wallenden Locken, nebst ihren Begleitern hier eingekehrt und in den oberen Zimmern übernachteten, wo sie sich aber bereits der Ruhe überlassen hatten, um morgen mit Tagesanbruch den Roßtrapp zu besteigen.

Bei dieser Nachricht blitzte mir ein Gedanke durch die Seele. Ich erkundigte mich sogleich nach dem für die Damen bestimmten Führer, einem jungen, schlanken Burschen von meiner Größe, und überredete ihn mit Hilfe eines großen Teils meiner kleinen Barschaft, mir auf einen halben Tag seinen Kittel und Wanderstecken abzutreten. Ich kannte den Weg nach dem Roßtrapp von einer früheren Reise sehr genau und beschloß in dieser Verkleidung morgen die Damen zu führen.

Die Stuben im Hause waren alle besetzt, ich bestieg daher ohne weiteres den Heuboden für die wenigen Stunden der warmen Nacht. Aber ich hatte keine Rast vor fröhlichen Gedanken und setzte mich, wie ein träumender Vogel, auf die obersten Sprossen der Leiter in das Dachfenster. Da lag der weite, stille Kreis von Bergen im hellen Mondschein vor mir, zahllose Sterne flimmerten, und das Zirpen der Heimchen schallte von den fernen Wiesen durch die große Einsamkeit herüber.

Endlich hielt ich's nicht länger aus, ich stieg wieder herab, wandelte eine Zeitlang hinter dem Gebüsch vor den beglänzten Fenstern des Wirtshauses auf und nieder und begann zuletzt mit großer Lust ein Ständchen zu singen, das ich vor mehreren Jahren an meine künftige Geliebte gedichtet hatte. Es dauerte auch nicht lange, so glaubte ich oben einige Bewegung zu bemerken. Aber wer beschreibt meinen Schrecken, als sich nun plötzlich leise das Fenster öffnete und eine gar nicht mehr junge, dickliche Dame, mit zahllosen Papilloten um den Kopf, breit und behaglich sich herauslehnte!

›Ei, ei‹, lispelte sie, ohne mich zu sehen, mit fetter Stimme zu mir herab; ›ist das wohl fein, müde Reisende in der süßesten Ruhe zu stören?‹ – Ei, ei, daß ich –! dachte auch ich unten und sang in meiner Herzensangst nur um so lauter fort. – Die Dame hustete oben ein paarmal heimlich genug. ›Man will sich nicht zeigen, wie's scheint!‹ sagte sie dann empfindlich. Hinter den Gardinen aber glaubte ich noch eine andere weibliche Gestalt lachend und lauschend zu gewahren. – Voller Ärger sang ich nun mein langes Lied bis zu Ende und verzweifelt wieder vom Anfang an. – ›Ach, das ist ja ennuyant, das ewige Gesinge!‹ rief jetzt die Dame, da das Ding kein Ende nehmen wollte, und schmiß mir droben das Fenster vor der Nase zu.«

Hier wurde der Erzähler durch ein lautes Auflachen der Gräfin Julie unterbrochen, die schon vorhin einige Male heimlich gekichert hatte. – »Was haben Sie denn?« fragte er die Schöne; »mir war es eben nicht sonderlich zum Lachen.« – »Nichts, nichts«, entgegnete Julie errötend und beschwichtigend; »nur weiter, weiter!« – Willibald sah sie erstaunt an und fuhr nach einer Pause wieder fort:

»Es war und blieb nun auf einmal alles mäuschenstill im ganzen Hause. – Und ich bekomme dich doch zu sehen, mein sprödes Lieb! sagte ich zu mir selbst, bestieg halb lachend, halb ärgerlich über das verunglückte Ständchen, meinen Heuboden wieder, wickelte mich vergnügt in das Heu und meine verliebten Gedanken und war bald fest eingeschlafen.

Aber wie erschrak ich, als ich erwachte und mir durch alle Luken und Ritzen des Daches die Morgensonne schon hell in die Augen schien. Ich fuhr hastig in meine geborgten Bauernkleider und eilte hinunter. Die Wirtsleute lachten mich über meine städtische Langschläferei tüchtig aus und erzählten, wie sie Mühe gehabt, die wegen der Saumseligkeit des Führers unwilligen Fremden zu begütigen. Während der Wirt mich endlich wecken wollte, seien die Damen bereits aufgebrochen; wenn ich aber auf den Fußsteigen, wie ich behauptete, genau Bescheid wisse, könne ich sie sehr bald einholen. Hier war keine Zeit zu verlieren, ich ergriff meinen langen Stab und kletterte, ohne mich erst auf die Fußsteige einzulassen, den steilen Berg gerade hinan. Bald hörte ich auch wirklich Stimmen in der Ferne, sie schienen eine andere Richtung genommen zu haben, als die Reisenden gewöhnlich einzuschlagen pflegen. Ich sprang, glitt und schurrte über Stock und Stein, nur eine jähe Kluft trennte mich noch von ihnen, ich setzte meinen Stecken ein und schwang mich mit einem gewaltigen Satze über Kluft und Gebüsch auf den Rasenabhang hinaus, wo die Wanderer eben zu rasten schienen.

Alle fuhren mit einem Schrei auf, als ich so plötzlich, wie vom Himmel, unter sie niederfuhr. Die schöne Reiterin stand zunächst und betrachtete mich lange schweigend von oben bis unten. Fast hätte ich sie nicht wiedererkannt, so gar nicht bacchantisch oder amazonenhaft, so milde, still und über alle Beschreibung schön erschien sie heut. Auch die ältere Dame ruhte sehr erhitzt und pustend auf einem Baumstamme und rief mir zu: wenn ich hier die Wege kennte, sollte ich bei ihnen bleiben und sie auf dem allernächsten hinaufführen. Beide schienen in mir den nächtlichen Sänger nicht zu ahnen, und ich hütete mich, wie ihr wohl denken könnt, mich zu verraten.

Ich werde es niemals vergessen, wie heiter die schlanke Gestalt meiner jungen Dame, die jetzt am grünen Abhange stand, sich auf dem himmelblauen Hintergrunde abzeichnete, und als sie darauf, zweien neben ihr stehenden jungen Männern die fernen Städte und Dörfer nennend, in die unermeßliche Aussicht hinauswies, da war es, als zöge ihr Rosenfinger eben erst die silbernen Ströme, die duftigen Fernen und die blauen Berge dahinter und vergolde Seen, Hügel und Wälder, und alle rauschten und jauchzten, wie frühlingstrunken, zu der Zauberin herauf.

Ich aber jauchzte am fröhlichsten in mich hinein, als sich der bunte Zug nun endlich in Bewegung setzte. Ich schritt voran und hinter mir in der morgenheitern Einsamkeit die Schöne, zwischen dem Waldesrauschen und Vogelschall mit der lieblichsten Stimme plaudernd und scherzend. Nun waren mir zwar die beiden jungen Begleiter gleich von Anfang gar nicht recht gewesen, aber ich bemerkte bald, wie sie mit ihnen nur wunderlich spielte und häufig auf die zierlichste Weise ihr Pantöffelchen über sie schwang. Ja, als das ältere Frauenzimmer von neuem ausruhen mußte, gab sie ihnen geradezu auf, bei der Dame zurückzubleiben, sie selbst wollte unterdes voraus. Hiermit flog sie wie ein Reh über den grünen Plan, und ehe sie im Gebüsch verschwand, wandte sie sich noch einmal zurück und streifte mich mit einem flüchtigen Blick, daß es mir recht durch die Seele drang.

So rasch ich nachfolgte, konnte ich sie doch erst am Gipfel des Roßtrapps wieder erreichen. Hier fand ich sie zu meinem Entsetzen auf dem letzten überhangenden Felsen sitzen, vergnügt mit den roten Reiseschuhen über dem schwindelerregenden Abgrunde baumelnd. Wie einen Nachtwandler auf dem Rande der Zinne, wagte ich sie nicht anzureden. Sie aber hatte mich kaum erblickt, als sie, die reichen Locken aus der Stirn schüttelnd, mir zurief: ›Da möcht' ich gern hinunter. Ein rechter Führer muß jeden Steg kennen, führ' mich geschwind hinab, ehe die andern nachkommen.‹

Ich kannte in der Tat einen Pfad zu den Schlünden, und, ohne das Wagstück zu bedenken, nickte ich ihr zu und machte mich auf den Weg. Das schien ihr zu gefallen, sie sah mich einen Augenblick überrascht und verwundert an, dann sprang sie schnell auf und folgte. – Nun aber war mir's wie im Traume, als so auf einmal das wunderschöne Mädchen, allein mit mir, an jähen Abgründen vorüber von Fels zu Fels in die lautlose Öde hinabstieg und wie in einem Zauberbrunnen das Himmelsblau über uns immer dunkler wurde, immer finsterer das wilde Grün, immer vernehmlicher von unten das Brausen der Bäche in der endlosen Einsamkeit. – Einmal reichte ich ihr helfend die Hand, sie wollte mich erst mit der rechten fassen, zog sie aber errötend schnell wieder zurück und gab die andere. ›Du magst mir auch der rechte Arbeiter sein‹, sagte sie, ›hast ja Hände wie ein Mädchen.‹ – Jetzt sprang ich über einen tiefen Felsen auf die gegenüberstehende Klippe, sie mußte mir nach. Der Platz war eng, ich breitete beide Arme ihr entgegen, und als sie mir so an die Brust flog, daß mich ihr Atem berührte und ihre Locken mich verhüllten, da umschlang ich sie fest und drückte einen brennenden Kuß auf ihren schönen Mund.

›Pfui!‹ rief sie, sich hastig losmachend und den Mund wischend; ›siehst du, mit deinen dummen Flausen hast du den rechten Weg verfehlt! Dort geht's hinaus!‹ – Hiermit war sie mir lachend auf einmal in dem verworrenen Gebüsch entschwunden. Mit Erstaunen glaubte ich, als sie schnell die Zweige auseinanderbog, an ihrer rechten Hand meinen Ring zu bemerken, den ich vom Stufenberge hinabgeworfen hatte.

Verblüfft, ratlos, recht im innersten Herzen verwirrt, stand ich nun in der Wildnis. Vergebens suchte ich meine Schöne wieder zu erhaschen, oft glaubte ich ihr schon ganz nahe zu sein, da tauchte sie mit unbegreiflicher Kühnheit plötzlich fern über den Wipfeln auf, um sich, wie ein Waldvöglein, gleich wieder in dem Grün zu versenken. Dann hörte ich ihr liebliches Lachen herüberschallen, sie winkte und rief mich, immerfort neckend, bald da bald dort, bald unter mir, bald über mir. Dazwischen rauschten die verborgenen Wasser, verirrte glänzende Schmetterlinge flatterten wie abgewehte Blütenflocken, taumelnd an meinem Hute vorüber zum Abgrund, nur zuweilen noch klang Vogelschall von dem morgenhellen Bord der Felsen herunter – es war mir, als sei ich in dieser Abgeschiedenheit in ein wahnsinniges Märchen wunderbar verstrickt.

Endlich glaubte ich meine Schöne wieder in der Tiefe zu vernehmen, als ich sie plötzlich mit lautem Lachen wie einen Elfen hoch über mir schwebend auf der obersten Zinne des Berges erblickte, die wir vorhin verlassen. Da erwachte in mir der ganze herbe Jünglingsstolz verschmähter Liebe, ich warf meinen Wanderstecken weit von mir, daß er an dem Felsen zersprang, und wandte mich zürnend völlig in den Abgrund.

Das schien sie nicht erwartet zu haben. Wenigstens kam sie mir, als ich noch einmal hinaufblickte, auf einmal bleich und erschrocken vor, ja, im eiligen Niedersteigen, zwischen dem Rauschen der Wipfel und Bäche, war es mir zu meinem größten Erstaunen, als nannte sie wiederholt meinen eigenen Namen, als rief sie mir, wie aus tiefster Seele nach: ›Mein lieber, lieber Willibald!‹ –

So töricht ist ein Verliebter! Dieser vertrauliche Ruf wandte mir ganz das Herz um. Ich erklomm von neuem mühselig den Berg, ich suchte, rief nach allen Weltgegenden hinaus, aber es blieb alles still in der Runde, und nirgends war eine Spur von der wunderlichen Gesellschaft mehr wiederzufinden. – Ermüdet kam ich am Ende auf den abenteuerlichsten Umwegen unerwartet zu demselben Wirtshause, von dem ich am Morgen ausgegangen: über dem Walde war wieder der ferne Kirchturm zu sehen, rechts der Stufenberg in stillem Abendschein; und ganz verwirrt, wußte ich nicht, wie mir geschehen, als nun die Leute im Hause, da ich nach der Schönen fragte, mich groß und verwundert ansahen. Eine Gesellschaft, wie ich sie beschrieb, hatte hier gar nicht übernachtet; eine ältliche, etwas starke Dame, sagten sie, und ein hübsches blondhaariges Mädchen seien zwar, bloß in Begleitung eines Reitknechts, heute früh von hier weiter gewandert, aber mein wunderbares Waldlieb mit den reichen, schwarzen Locken wollte kein Mensch gesehen haben. – Ich sah sie niemals wieder. Ihr Bild aber blieb seitdem leuchtend in meiner Seele, und als ich nun einsam heimwanderte, hatte der Herbst schon seine Sommerfäden über die Felder gespannt wie goldene Saiten im Morgenglanz, die bei jedem Windeshauch einen wehmütigen Klang über die Erde gaben.« –

Hier endigte Willibald seine Erzählung und bemerkte erst jetzt, daß alle seine Zuhörer, von der Anstrengung des vorigen Tages überwältigt, fest eingeschlafen waren. Wie Tote lagen die Männer mit den bleichen, scharfgezeichneten Gesichtern umher. Julie war auf Leontins Schoß gesunken, seine Knie mit ihren herabwallenden Locken verhüllend. Draußen aber glänzte herrlicher Mondschein über der leise rauschenden Gegend, nur einzelne Damhirsche weideten unten am Fuße des alten Schlosses. Willibald blickte wunderbar bewegt in die weite Einsamkeit hinaus, es war ihm alles wie ein Zaubermärchen hier, als müßte sein verlornes Lieb ihm wieder irgendein Zeichen geben in dieser prächtigen Mondnacht.

Als der Turmwächter bei Anbruch des Tages hoch über den Schlummernden sein geistliches Lied durch die stillen Lüfte sang, erhob sich unten allmählich einer nach dem andern, in die falbe Morgenkühle schauend.

Romano aber sprang verstört und erschrocken auf, plötzlich des eigentlichen Zweckes seines Besuches gedenkend, den er über den nächtlichen Erzählungen gänzlich vergessen hatte. Ohne Zeitverlust führte er nun den Grafen Leontin in den entlegensten Teil der Galerie, wo beide lange Zeit sehr lebhaft miteinander sprachen und endlich in größtem Eifer nach dem Hofe eilten. Niemand wußte, was sie vorhatten, aber im ganzen Hause entstand auf einmal ein verworrenes Durcheinanderrennen, Briefe wurden geschrieben, Boten zu Pferde abgeschickt, und bald darauf sah man den Prinzen und Leontin selbst, jeden in verschiedenen Richtungen, in den Wald hinaussprengen. – Auch Willibald, den die Sehnsucht nach seiner Heimat aus diesem unbehaglichen Rumor forttrieb, hatte sich währenddes wieder aufgemacht. Julie sah ihn aus ihrem Fenster schon in der Ferne wandern. Sie hätte ihm so gern noch gesagt, daß sie selbst es war, die mit ihrer Begleiterin in dem einsamen Wirtshause sein Ständchen belauscht, und daß sie gar wohl wisse, wer und wo seine Schöne vom Roßtrapp sei. – Aber sie winkte ihm vergeblich mit dem Schnupftuche nach, er war schon in dem taufunkelnden Morgenschimmer versunken.

Wir aber lassen den Glücklichen wandern und wenden uns aus dem Morgenrot nach dem dunkeln Gebirge zurück, wo wir Publikums Jagd verlassen haben. Der Abend sinkt schon nieder auf die stillen Schlüfte, da finden wir den Troß in einem abgelegenen Tal, ein altes Jägerhaus, wie Bienen im Abendgold, mit verworrenem Gesumse umschwärmend. Drin wird tüchtig gekocht, denn so oft die Tür sich öffnet, sieht man eine große Flamme lodern und dicken Bratenduft herausqualmen. Vor der Tür sitzen Aurora und Herr Publikum einträchtig beisammen, über dessen Haupte sich das Hirschgeweih am Gesims des Hauses recht stattlich ausnimmt. Er hat Auroras Hand gefaßt, sie läßt sie ruhig in der seinen, da es schon kühl wird, aber ihre Gedanken sind offenbar nicht bei der Hand, sie schaut halb langweilig, halb verdrießlich vor sich hin. Währenddes sind die besorgten Novellenmacher fleißig bemüht, den Honigseim poetischer Reden zu ihrem Hochzeitsfladen zusammenzukneten. Am zierlichsten unter ihnen drückt sich dabei der schwungreiche *junge Mann* aus. Aber da begegnet ihm unerwartet etwas Außerordentliches. Denn indem er zur Gräfin von der Liebe spricht und immer wieder spricht, hat er sich auf einmal selbst in sie verliebt: von unmerkbarem Händedrücken, worüber sie jedesmal mit leisem Lächeln quittiert, durch das allmählich wachsende Feuerwerk loser Schwärmereien und günstiger Blicke gerät er endlich ganz in den holden Wahnsinn. Vergebens treten die Novellisten, denen er wie eine tolle Hummel ihr Novellengespinst zu zerarbeiten droht, ihm heimlich auf die große Zehe, der Schrei des Schmerzes macht seinen sentenziösen Paroxysmus nur noch pikanter; der erschrockne Publikum, der gar nicht weiß, was los ist, fängt an, sich vor ihm zu fürchten, da ergreift endlich der *Graue* den Rasenden ohne weiteres beim Kragen, und der ganze Haufe wälzt sich mit ihm in das Jägerhaus, wo man durch die heftig hinter ihnen zugeworfene Tür noch einen bedeutenden Lärm vernimmt. Unterdes aber hatte ein Jäger vor Herrn Publikum und die Gräfin ein wohlbesetztes Tischchen hingestellt. Da war es um Publikum geschehen. Er band sich feierlich eine große Serviette wie zum Rasieren unter das Kinn, stülpte die Ärmel auf, setzte sich, ein paarmal beide Ellbogen erhebend, breit und behaglich zurecht und begann sogleich mit ebenso viel Ernst als Fertigkeit mit den Kinnbacken zu mahlen. Aurora versuchte mehrere Male ein witziges Gespräch anzuknüpfen. Aber beim Essen verstand er keinen Spaß; unaufhörlich nach allen Seiten hin Fleisch, Pfeffer, Salz zulangend, gab er nur halbe oder gar keine Antwort. Er schien ganz eine dicke, fette Zunge voll Wohlgeschmack geworden zu sein und bemerkte nicht einmal, wie die Gräfin, das gerümpfte Naschen vornehm aufwerfend, endlich rasch aufstand und empfindlich sich allein in den nahen Wald begab, um hier auf einem kurzen Spaziergange ihren Verdruß abzukühlen. Die Dämmerung war schon hereingebrochen, nur einzelne Vögel sangen noch tiefer im Gebirge, die Abendluft spielte leise in allen Blättern. Da hörte sie auf einmal ein Geräusch und bald darauf Gesang in der Ferne. Sie trat neugierig näher und wurde endlich eine dunkle Gestalt gewahr, halb versteckt hinter Felsen und Gebüsch. ›Wußt' ich's ja doch!‹ sagte sie, heimlich in sich hineinlachend. – Und sie irrte sich wirklich nicht in dem Karbonaromantel, an dem sie sogleich den Prinzen Romano wiedererkannte. Der anschlägige Prinz umkreiste schon lange das Jägerhaus wie der Fuchs den Taubenschlag. Da er aber von den Strapazen der vergangenen Nacht plötzlich heiser geworden, so hatte sich Leontin hinter ihm unter den Mantel verborgen und sang und agierte nun für ihn aus dem faltigen gen Karbonaro heraus. Bald aber fand Romano die Aktion übertrieben, das Lied nicht zart genug. Leontin verteidigte sich, darüber bekamen sie unter dem Mantel Händel und gerieten miteinander, erst leise, dann immer heftiger, in einen lebhaften Wortwechsel über das schicklichste Metrum für ein Ständchen. -- Aurora stutzte; aber als sie auf einmal vier Arme aus dem Mantel sich hervorarbeiten sah, ergriff sie ein Grauen, und sie stürzte unaufhaltsam nach dem Jägerhause zurück. Da brach Romano plötzlich hervor, Leontin hatte kaum Zeit, in größter Eile zu entfliehen. Die atemlose Gräfin schrie laut auf, da der Prinz, der mit seinen langen Beinen ihr den Vorsprung abgewonnen hatte, auf einmal zierlich auf einem Knie vor ihr lag. »Mit wem sprachen Sie soeben?« fragte die Erschrockene, noch immer ängstlich um sich her blickend. – »Mit mir selbst im Traume von dir!« – »Es lief doch aber jemand fort von Ihnen?« – »Mein Schatten wahrscheinlich.« – »Ach, es scheint ja weder Sonne noch Mond!« – »Desto besser, so belauscht uns nur Venus vom Himmel.« – »Und vier Arme leibhaftig!« –– »O, hätt' ich deren viertausendvierhundertvierundvierzig, dich zu umschlingen!«

Das klang der Gräfin denn doch gar zu appetitlich. Sie hob mit einem zärtlichen Blick den Prinzen vom Rasen auf, der nicht versäumte, sogleich seine Kniescheibe sorgfältig abzustäuben. Er bat die Reizende, sich noch ein Weilchen im Walde zu ergehen, sie nickte schlau mit dem schönen Köpfchen, und so wandelten denn die Glücklichen unbelauscht nebeneinander her.

Romano hatte mit malerischer Nachlässigkeit seinen Mantel halb über die Achsel zurückgeschlagen, er sprach von dem Bad in den kosenden Abendlüften, von den Dämmerlauben des Gemüts, von den nackten Bübchen, die in dem luftigen Laube zielen. Aber die nackten Bübchen guckten schon aus Auroras Augen, sie ging so unbedenklich in alle diese Dämmerlauben ein, und wenn es so fortwährte, blieb fast nichts mehr zu erobern an ihr. – Das war dem Prinzen gar nicht recht; er hatte sich's so schön ausgesonnen, allen Aufwand steigender Verführungskünste, die Schnöde allmählich poetisch zu verlocken – er war ganz verstimmt.

Auf einmal stand Aurora still. »Ich höre keine Stimme mehr vom Jägerhause«, sagte sie, nach allen Seiten umschauend; »wir haben uns verirrt.« – »Hat keine Not«, erwiderte Romano; »mir leuchten zwei Sterne auf dem stillen Meer der Nacht.« – Hiermit bog er schnell vom Wege auf einen freien Platz hinaus, wo Aurora mit Erstaunen einen Reitknecht mit zwei zierlich aufgezäumten Pferden erblickte. – »Mein Bursch kann zu Fuß wandern«, sagte der Prinz; »und wenn Sie sich meines Rößleins bedienen wollen, so besteig' ich das seinige und führe Sie bequem und lustig heim.«

Die ermüdete Gräfin, um bei längerem Ausbleiben Aufsehen im Jägerhause zu verhüten, nahm den Vorschlag an, und so ritten sie bald vertraulich plaudernd in die warme Nacht hinein. Aber die

Venus ging unter, der Mond ging auf, und sie ritten noch fort und immerfort.

»Wo führen Sie mich hin?« sagte endlich die Gräfin wieder; »da hör' ich einen Eisenhammer in weiter Ferne.« – »Wird Amors Mühle sein«, meinte der Prinz; »die arbeitet am lustigsten in solcher Stunde.« – Mein Gott, ich glaube gar, der will mich entführen, dachte Aurora bei sich, senkte nachdenklich das Köpfchen und wiegte sich mit einem angenehmen, schauerlichen Gefühl in der Erinnerung aller nächtlichen Entführungsgeschichten, die sie in den schmierigen, halbzerlesenen Romanen aus der Leihbibliothek so oft in Gedanken mitgemacht hatte.

Unterdes wechselten neben ihnen unbekannte Gegenden und Abgründe rätselhaft im dämmernden Mondlicht, da stutzten plötzlich die schnaubenden Rosse; vor ihnen schoß auf einmal eine wunderliche Gestalt Purzelbäume quer über den Weg, eine zweite folgte und noch eine, andere standen seitwärts am Wege auf den Köpfen und verschwanden schnell, wie sich die Reiter nahten. – »Das kommt bei dem dummen Zeug heraus!« brach da die heftig erschrockene Gräfin plötzlich los; »ich möcht' auch in aller Welt nur wissen, was es hier zu entführen gibt! Ich habe weder einen tyrannischen Vater noch eine geizige Tante, ich bin ganz frei, ich kann jeden Augenblick heiraten!« – Romano schwieg ganz still, denn ihm fing selbst an angst zu werden vor den unerklärlichen Erscheinungen. War ihm bei hellem Tage ein gewöhnliches Rendezvous zu gemein gewesen, so verwünschte er nun insgeheim seine unüberwindliche Sucht nach genialen Abenteuern und wäre am liebsten wieder umgekehrt.

In großer Verlegenheit spähte er soeben nach allen Seiten umher, als sich plötzlich eine Rakete prasselnd und sprühend über dem dunkeln Wald emporriß. »Dorthin, dorthin!« rief Romano voll Freude und drückte die Sporen ein, daß die erstaunte Gräfin kaum folgen konnte.

Wie im Fluge erreichten sie nun bald einen einsamen, rings von Felsen eingeschlossenen Platz, von dessen anderem Ende ihnen ein Gemäuer entgegenschimmerte. Es war eine Waldkapelle, das verabredete Ziel Romanos, wo er seine schöne Beute einstweilen verbergen und mit Leontin das Weitere beraten wollte. Mehrere Windlichter bewegten sich an der Klause und beleuchteten wunderbar den Rasen, die Steine und Felsen in der nächtlichen Einsamkeit. Da schoß der Gräfin auf einmal das Blut – mit klopfendem Herzen sah sie unverwandt in das Spiel der wandelnden Lichter. Romano aber stutzte, er konnte durchaus nicht begreifen, wozu Leontin, allem Geheimnis zum Trotze, so viele Personen hier versammelt hatte. Und als er nun, indem er näher kam, immer mehr fremde Gesichter erblickte, lauter festlich geschmückte Leute, als er dann auch Leontin darunter erkannte, einen Klapphut unter dem Arm und einen dicken Blumenstrauß vor der Brust; ja, als endlich gar ein Geistlicher mit einer Kerze in der Hand majestätisch den Haufen teilte, da wurde Romanos Gesicht immer länger und länger vor wachsendem Grausen.

Unterdes hatte Leontin schon die Gräfin vom Pferde gehoben, die sehr heiter und gemütlich war und sich hier sogleich recht wie zu Hause zu befinden schien. Auch Romano stieg verwirrt und zögernd ab. Da trat der Geistliche, von dem er kein Auge verwandte, feierlich hervor und redete die Neuangekommenen folgendermaßen an:

»Hochverehrte! Sie stehen hier soeben in dem tugendhaften Begriff, das angenehme Bündnis Ihrer Herzen mit dem süßen Mundlack des Jaworts zu versiegeln. Indem wir daher, Vielverliebte, in diesem feierlichen Augenblick gleichsam mit einem Fuß schon das Bett der Ehe bestiegen, lassen Sie uns dasselbe noch einmal mit gebührendem Ernste betrachten! – Es ist ein Himmelbett – denn die schönsten Engel predigen hinter seiner Gardine. Es ist ein Thronbett – denn gekrönte Häupter ruhen darauf. Es ist ein Paradebett, auf dem verblichene Junggesellen im erhabensten Schmuck stiller Männerwürde, will sagen: in langem, damastenem Schlafrock und blendendweißer Zipfelmütze ausgestellt werden, zum Hohn und heimlichen Neide jener schäbigen Rotte von verwegenen Hagestolzen und Familienglücksverächtern. – Ja du, vergangener Junggesell, gerührter Bräutigam, über dessen ehrwürdigem Scheitel endlich die Aurora deiner letzten Liebe aufgegangen, der –«

Hier stockte er plötzlich – seine Augen suchten rings in dem Kreise umher, Romano war nirgends zu sehen. – Ein verworrenes Gemurmel ging bei dieser unerwarteten Entdeckung durch die ganze

Versammlung, Leontin wurde unruhig, man suchte in der Kapelle, man rief laut nach den verschiedensten Richtungen, alles vergeblich. Endlich hörten sie von einem Jäger, daß der Prinz gleich zu Anfang der Rede, während alle Blicke auf den Prediger und die schöne Braut gerichtet waren, unbemerkt fortgeschlichen, im nahen Gebüsch sich in verstörter Hast auf sein Pferd geworfen und wie besessen in den Wald hinausgesprengt sei. – Späterhin erfuhr Leontin, wie er mitten in derselben Nacht ganz verwirrt auf Publikums Schloß angekommen, seine Leute eilig geweckt und im unaufhaltsamen Entsetzen vor dem Ehestande zu allgemeinem Erstaunen noch vor Tagesanbruch abgereist sei, ohne daß jemand erraten konnte, wohin er sich gewendet. –

Das war ein Strich durch die ganze Narrenrechnung. Die Gäste sahen in ihren feierlichen Hochzeitskleidern einer den ändern spöttisch an. Leontin lachte unmäßig, mehrere erbosten sich über die Mücken, die sie durch ihre ganz unnützen Eskarpins stachen. Am ungebärdigsten aber war der Geistliche, der in dieser Verwirrung Bart, Kappe und Salbung verloren hatte. Er beteuerte, es sei unter solchem Volk leichter pokulieren als kopulieren, und schwur, seine Rede, die eben erst witzig werden sollte, bis zu Ende zu halten, und wenn er sie an die Bäume richten müßte. Bei diesen Worten blickte ihn Aurora schärfer an – sie traute ihren Augen nicht: es war der ihr wohlbekannte Poet Faber! – Da brach plötzlich ihre bisher nur mit Mühe verhaltene übelste Laune los. Sie schimpfte, ohne weiter mehr nach Grazie zu fragen, auf die Phantasten, die ihr durch ihre Tollheiten die Haube dicht überm Kopfe wegpariert hatten, aber sie frage, meinte sie, wenig danach, sie wolle auch ohne solche Flausenmacher doch unter die Haube kommen, es gebe noch andere, reiche und würdige Leute, die sie besser zu schätzen wüßten.

Sie war noch lange nicht mit allem fertig, was sie auf dem Herzen hatte, als sie zu ihrem Erstaunen sich auf einmal allein auf dem Platz erblickte. Hochrot vor Ärger ließ sie sich mit erzwungenem Stolz auf der Rasenbank vor der Klause nieder, sie konnte nicht begreifen, welche neue Narrheit plötzlich wieder in die wunderliche Gesellschaft gefahren. Sie sah Leontin und seine Spießgesellen in großem Eifer durcheinanderrennen, die Herren gürteten ihre Hirschfänger um, Leontin schien heimlich und leise Befehle zu erteilen, und in wenigen Minuten hatte sich alles in den nahen Wald verlaufen. Jetzt hörte sie nur noch hin und her Gewisper unter den dunkeln Bäumen, manchmal war es ihr, als vernähme sie von fern Pferdegetrappel, dann wieder alles totenstill – fast fing sie sich im Ernste zu fürchten an.

Plötzlich geschieht ein Schrei im Walde, mehrere Pistolen werden abgefeuert, zwischen dem Geknatter Degengeklirr und fremde Stimmen, immer näher und näher, und mit großem Lärm stürzt endlich der ganze verworrene Haufe vom Walde gerade auf die Klause her.

Aurora, die sich erschrocken in die Kapelle zurückgezogen hatte, bemerkte durch das Fenstergitter, daß Leontin und die Seinigen mehrere Gefangene einbrachten; aber wie groß war ihr Erstaunen, als sie mitten darunter einen Mann zu gewahren glaubte, der, außer sich vor Zorn, schimpfend und vergeblich mit Arm und Beinen zerrend, von vier handfesten Jägern auf den Schultern wie im Triumphe einhergetragen wurde. – »Er räsoniert noch, bindet ihn, knebelt ihn!« rief der nacheilende Faber, der jetzt ein besonderes martialisches Ansehen hatte. Über dem Spektakel kam auch Leontin mit einer Fackel herbei, beleuchtete den geängstigten Gefangenen und prallte bei seinem Anblick erschrocken zurück. – »Unmöglich!« rief er aus; »Sie sind es, Herr Publikum? mitten in der Nacht ohne Schlafrock! Ich hoffe doch nicht, daß einen soliden Mann etwa gar der Klang zierlicher Pantöffelchen verlockt hat – wir glaubten uns hier in der Geisterstunde plötzlich von Räubern überfallen.« – »Pantöffelchen! Räuber! Das ist es gerade!« erwiderte der atemlose Publikum, den die Jäger unterdes respektvoll losgelassen hatten; »der Prinz Romano hat die Gräfin Aurora entführt, wir setzten soeben dem Räuber nach.« – Aber Leontin, der, durch einen Jäger von der unerwarteten Ankunft Publikums benachrichtigt, den ganzen Rumor angezettelt hatte, hörte auf nichts, sondern rannte in einem Anfall wütender Courtoisie bald zu den gleichfalls eingefangenen Novellisten, bald zu ihrem dicken Meister, überall das räuberische Mißverständnis entschuldigend, und stülpte zuletzt gegen plötzliche Erkältung dem letztern die weiße Nachtmütze eines Jägers auf den Kopf. Der schlaue Publikum ließ alles geduldig über sich ergehen, denn er hatte insgeheim eine ebenso große Abneigung als unüberwindliche Furcht vor der phantastischen Grobheit des Grafen, er lobte und belachte jeden seiner Einfälle und schrie ihn in seiner

Herzensangst vor den empörten Novellenmachern als ein echtes Kunstgenie aus.

Währenddes aber war auch Aurora aus ihrer Klause gebrochen und erschien plötzlich, wie eine Fee die Menge teilend, in dem Kreise der Fackeln. – »Auf ewig!« sagte sie feierlich zu dem überraschten Publikum, ihm die schöne Hand reichend, die dieser mit inbrünstigen Küssen bedeckte. Ein freudiges »Ach!« ging durch die Runde der erstaunten Novellisten. Aurora aber blickte triumphierend über den breiten Rücken des küssenden Publikums nach Leontin und seinen Gesellen hin, als wollte sie sagen: »Nun, seht ihr wohl?!« –

Jetzt hatte auch Publikum wieder Mut gewonnen und befahl sogleich nach den ersten Verständigungen mit einem vornehmen Ton, nach seinem Schlosse aufzubrechen. Vergebens versprach Leontin, zum Polterabend Herrn Publikum mit einem Pistol den Zipfel seiner Schlafmütze vom Kopfe zu schießen, den Wald anzuzünden, ja, sie alle miteinander betrunken zu machen.

Der glückliche Bräutigam, der in seiner Seligkeit ganz vergaß, seine Nachthaube abzunehmen, bedauerte mit hoffartiger Herablassung Leontins Einsamkeit, die zu solchem Feste keine passenden Mittel böte; wenn es aber der Gräfin Julie an irgend einem Agrement fehlen sollte, so möge sie sich nur immer nachbarlich und vertrauensvoll an seine künftige Gemahlin, die Gräfin Aurora, wenden. – »Köstlich!« entgegnete Leontin; »meiner Julie kommt manchmal der Einfall, in vollem neumodischen Kopfputz auf die Jagd zu reiten, sie wird sich dann, wenn Sie erlauben, von der Gräfin Aurora frisieren lassen, ich weiß, die versteht das wie keine andere. Nadeln mit doppelten Spitzen will ich schon selbst dazu mitbringen.« – Da wandte sich Herr Publikum mit einer kalten Verbeugung, schlug im Weggehen auf seinem Bauche dem Leontin noch heimlich und vorsichtig, damit er's nicht bemerkte, ein Schnippchen und bestieg mit seinem Gefolge die bereits vorgeführten Rosse.

Leontin sah ihnen lange kopfschüttelnd nach. Plötzlich schien ihm ein Gedanke zu kommen, er verfolgte pfeilschnell die Reiter. »Aber hört doch!« rief er; »seid ihr denn wirklich toll? Ihr seid ja abscheulich angeführt. So hört doch!«

Die Glücklichen hörten jedoch nicht mehr. – Faber hatte unterdes eine Violine ergriffen und geigte dem Zuge lustig nach, Raketen wurden geworfen, die Jäger lösten die für Romanos Kopulation herbeigeschafften Kanonen, die ein entsetzliches Geböller in den nächtlichen Schlüften machten. – Herr Publikum aber mit seiner Schlafmütze, Aurora und die Novellisten zogen alle vergnügt von dannen, um ihre Novelle mit einer weitläufigen Hochzeit zu beschließen.

In derselben angenehmen Jahreszeit hatte Schreiber dieses das Glück, mehrere der denkwürdigen Personen dieser Geschichte selbst kennen zu lernen. Als nämlich die Kunde von der ebenso unglaublichen als für uns Poeten erwünschten Verbindung zwischen Herrn Publikum und der berühmten Gräfin Aurora von Stadt zu Stadt erscholl, war auch ich aufgebrochen, um zum Hochzeitsfest dem Herrn Publikum eine mit besonderm Fleiße von mir ausgearbeitete Novelle persönlich zu verehren. In meinem neuen engen Frack, der meiner sonst ganz hübschen, aber etwas langen und schmalen Figur ein noch knapperes Ansehen gab, mein Manuskript fest unter den Arm geklemmt, strich ich zufrieden über Land und memorierte unterwegs laut die recht schön ausgedachte Anrede, womit ich das Werkchen überreichen wollte.

Aber wie es den Dichtern oft zu gehen pflegt, daß sie überall zu spät kommen, wo es etwas Gutes gibt, so gewahrte ich auch mit nicht geringem Schrecken, als ich bei einbrechender Nacht an Publikums Palast anlangte, daß die Hochzeit eben schon in vollem Gange war. Das ganze Schloß flimmerte von Kronleuchtern, Trompeten rasten, Tanzende schleiften in wechselndem Glanze an den Fenstern vorüber, während andere Paare, heimlich plaudernd, sich in die stille Nachtluft hinauslehnten. Unten rannten viele Bediente mit prächtig duftenden Gerichten an mir vorbei und mochten mich, mit meinem Paket unterm Arme, wohl für einen vazierenden Musikanten halten. Die Musik aber schlang sich immer wehmütiger durch die schirmenden Wipfel über mir, ich lehnte mich an einen Baum und gedachte der bessern Tage meiner fröhlichen Jugendzeit; neue Gedichte tauchten aus den Klängen in meiner Seele auf, und ich war im besten Zuge, mein Manuskript, Publikum und alles zu vergessen, weshalb ich eigentlich hierher gewandert war.

Da hörte ich plötzlich in einiger Entfernung ein leises Geräusch unten am Schloß, und bald darauf sagte eine liebliche Stimme: »Aber wenn mich die ganze gebildete Welt so findet, so muß es doch auch wirklich so sein! Und ich brauche Sie nun nicht weiter mehr und verbitte mir von nun an alle Hofmeisterei.« – »O, du Verblendete!« entgegnete eine andere Stimme; »so fahre denn hin! Ich wende meine Hand von dir und lasse dich in der Gewalt der Philister.« – Hier streifte ein Lichtstrahl aus dem Fenster über das Gebüsch, ein wunderschönes Frauenbild mit Diadem und funkelndem Geschmeide blitzte plötzlich aus der Nacht auf und war in demselben Augenblick auch wieder verschwunden.

Geblendet starrte ich noch hin, als sich auf einmal in derselben Gegend ein großer Lärm erhob. »Dort lief er hin!« rief eine zornige Stimme. Es war der junge Mann von den Novellenmachern, wie ich späterhin erfuhr. Er hatte einen verliebten jungen Fant das Haus umschleichen gesehen, den er soeben mit gezogenem Degen zu verfolgen schien. Aber in seiner moralischen Wut rannte der Tugendheld bei der Dunkelheit einen Bedienten mit einer großen Pastete über den Haufen und hatte gleich darauf sich selbst mit dem Degen am eigenen Rockschoß an einem Baume festgespickt.

Indem ich ihm eilig zu Hilfe springen will, bricht plötzlich ein feines Jägerbürschchen wie ein gehetztes Reh durch das Gebüsch und stürzt atemlos gerade in meine Arme. Und eh' ich mich noch besinnen kann, drängt er mich, öfters scheu zurückblickend, in wunderlichem Ungestüm über Beete und Bäume mit sich fort. – »Aber was soll's denn?!« rief ich endlich tiefer im Garten aus. – Da stutzte das Bürschchen, das mich wahrscheinlich verkannt hatte, und sah mich von oben bis unten verwundert an. – »Wer bist du denn eigentlich?« fragte er dann, »und was wolltest du hier?« – Ich berichtete ihm nun mit kurzen Worten meinen Namen, Metier und den Zweck meiner Reise. Darüber wollt' er sich auf einmal tot lachen und lachte immer unvernünftiger, je mehr ich meine gerechte Empfindlichkeit zeigte. »Die Anrede«, sagte er, »mußt du an mich halten, ich werde dir zeigen, wie du dazu agieren sollst. – Aber die Hochzeit! – Ich will ja eben auch heiraten.«

Unterdes waren wir an den Ausgang des Parks gekommen, zwei gesattelte Pferde standen dort am Zaun. »Nur schnell, schnell!« rief

er wieder; »du kannst doch reiten? Ich muß rasch fort und fürcht'
mich so allein.« Ich wußte in der Eile gar nicht, wie mir geschah, er
schob mich geschwind auf das eine Pferd hinauf, schwang sich auf
das andere, und eh' ich mich's versah, ging's pfeilschnell in die weite Nacht hinaus.

Draußen klang die Tanzmusik uns noch lange über die stillen
Felder nach, das Schloß lag wie eine feurige Insel über dem dunkeln
Walde. Ich betrachtete öfters den lustigen Jäger von der Seite und
verwunderte mich über seine große Schönheit. Da hört' ich auf einmal aus dem fernen Gebüsch im Vorüberreiten einen überaus lieblichen Gesang erschallen, es war, als ob der Mondschein klänge:

>»Bleib bei uns! Wir haben den Tanzplan im Tal
>Bedeckt mit Mondesglanze,
>Johanniswürmchen erleuchten den Saal,
>Die Heimchen spielen zum Tanze.«

Ich konnte durchaus niemanden erblicken. Aber *Florentin* – so
nannte sich das Jägerbürschchen – antwortete ihnen zu meinem
Erstaunen und zankte sich ordentlich mit den wunderlichen Musikanten. »Warum nicht gar!« rief er fast unwillig nach dem Walde
gewendet aus; »jetzt hab' ich keine Zeit, heut laßt mich in Frieden.
Was wißt ihr von meiner Not!« – Wälder, Wiesen und Dörfer flogen
unterdes im hellen Mondschein vorüber, aus den Gebüschen sang
es von neuem hinter uns drein:

>»Stachelbeer' weiß es und stichelt auf dich –
>Wil – Willi – wir verraten es nicht –
>Sie sagt' es dem Bächlein im Grunde,
>Das hörten die Bäume und wundern sich,
>Das Bächlein macht' auf sich zur Stunde
>Und plaudert' es durch den ganzen Wald:
>Wil – Willi – Willibald!« –

Die Sterne fingen schon an zu verlöschen, als wir nach dem tollen
Ritt an einem Schloß im Gebirge endlich Halt machten. Ein Brunnen
plätscherte verschlafen vor dem stillen Hause, auf dem steinernen
Geländer schlief ein Storch auf einem Beine und fuhr über dem

Geräusch, das wir machten, erschrocken mit dem Kopf unter den Flügeldecken hervor, uns mit den kleinen Augen verwundernd ansehend. Florentin aber tat hier sogleich wie zu Hause. »Ach nein, lieber Adebar, es ist noch lange Zeit, uns was zu bringen!« sagte er, den Vogel streichelnd, der vergnügt seine Federn aufschüttelte und mit den Flügeln schlug. Dann klopfte er eilig an ein Fenster des Schlosses. Es wurde von innen geöffnet, ein hübsches Mädchen steckte erstaunt das Köpfchen hervor. – »War er hier?« fragte Florentin hastig. – »Niemand!« war die Antwort. – Da wandte sich Florentin wieder zu mir, er schien sehr bestürzt. Das Mädchen schloß mit einem Seitenblick nach mir herüber ihr Fenster, mein Begleiter aber zog rasch einen Schlüssel aus der Tasche und öffnete die Haupttür des Schlosses. – Wir betraten schweigend eine unabsehbare Reihe prächtiger Gemächer, wo die durch rotseidene Gardinen brechende Dämmerung kaum noch die Schildereien erraten ließ, die in vergoldeten Rahmen an den Wänden umherhingen, der getäfelte Fußboden glänzte in dem ungewissen Schimmer, eine Flötenuhr in einem der letzten Zimmer begann ihr Spiel und schallte fast geisterartig durch diese Einsamkeit. Da stieß Florentin in einem der Säle eine Mitteltür auf; sie schien nach dem Garten zu gehen, denn eine duftige Kühle quoll uns plötzlich erfrischend entgegen. Jenseits ging soeben der Mond hinter den dunkeln Bergen unter, von der andern Seite flog schon eine leise Röte über den ganzen Himmel, die geheimnisvolle Gegend aber lag unten wunderbar bleich in der Dämmerung, nur im Tale fern blitzte zuweilen schon ein Strom auf. Vor uns schienen verborgene Wasserkünste zu rauschen, eine Nachtigall tönte manchmal dazwischen wie im Traume. Florentin hatte sich auf die Schwelle des Schlosses gesetzt, schaute, den Kopf in die Hand gestützt, in die Gegend hinaus und sang:

»Es geht wohl anders, als du meinst.
Derweil du rot und fröhlich scheinst,
Ist Lenz und Sonnenschein verflogen,
Die liebe Gegend schwarz umzogen;
Und kaum hast du dich ausgeweint,
Lacht alles wieder, die Sonne scheint –
Es geht wohl anders als man meint.«

Hier brach er plötzlich selbst in Weinen aus. Ich wußte mir gar keinen Rat mit ihm, er war ganz untröstlich, und lachte doch wieder dazwischen, so oft ich ihn mit angemessenen Worten zu beruhigen suchte. »Nein, nein«, rief er dann von neuem schluchzend; »es ist alles vorbei, ich hätte ihn über den Possen nicht so gehn lassen sollen, nun ist er auf immer verloren!« – »Aber wer denn?« fragte ich schon halb unwillig. – Da hob er auf einmal, gespannt in die Ferne hinaushorchend, das Köpfchen, daß ihm die Tränen wie Tau von den schönen Augen sprühten, sprang dann rasch auf und war, eh' ich's mich versah, in dem Garten verschwunden.

Betroffen folgte ich seiner Spur im tauigen Grase; einzelne Schlaglichter fielen schon durch die Wipfel, von fern hörte ich zwischen dem Schwirren früherwachter Lerchen einen schönen Gesang durch die stille Luft herübertönen. Endlich nach langem Umherirren vernahm ich ganz in der Nähe Florentins munteres Geplauder wieder. Aber wie erstaunte ich, als ich, plötzlich aus dem Gebüsch hervortretend, einen fremden Mann am Abhang des Gartens vor mir ruhen sah. Auf seinem Ränzel ihm zu Füßen saß Florentin, er hatte das Köpfchen vor sich auf den Wanderstab des Fremden gestützt und sah diesem überaus fröhlich ins Gesicht. Bunte Vögel pickten vor ihnen auf dem Rasen und guckten aus allen Zweigen und machten lange Hälse, um den Fremden zu sehen. Hinter den fernen, blauen Bergen aber ging soeben die Sonne auf und blitzte so morgenfrisch über die Landschaft und den Garten, daß die Wasserkünste, wie jauchzend, aus den Gebüschen emporschwangen.

Jetzt erst in der Blendung besann ich mich recht. »Willibald!« rief ich voller Erstaunen. – Er war der Fremde, ich kannte ihn noch von Halle her und hatte einmal mit ihm eine Fahrt nach dem Harz gemacht, von der er nachher viel Wunderbares zu erzählen wußte. – Er wandte sich bei dem Klang meiner Stimme schnell herum. »Auch du! – und hier mein liebes Liebchen vom Roßtrapp!« sagte er, auf Florentin weisend. »Wie! dieser – diese – dieses, Florentin? wessen Geschlechtes eigentlich –?« »Gräflichen, mein Guter, namens Aurora.« »Was? Die hält ja eben Hochzeit mit Herrn Publikum?« – »Ach, das ist meine gewesene Jungfer«, lachte der nunmehr gewesene Florentin; »ich gab sie für mich aus, um die tollen Freier zu foppen, und nun haben sie sich wahrhaftig geheiratet! Mich merkte keiner, nur der spitzige Romano hätte mich bald an meinem Bilde erkannt, das der unvorsichtige Leontin in seinem alten Rittersaale hängen ließ. –Aber sieh nur, wie schön!« wandte sie sich wieder zu Willibald, bald ihn, bald die Gegend betrachtend, daß man nicht wußte, wen sie eigentlich meine. »Ich kaufte das Gut nur für dich, nun ist alles wieder dein – und ich dazu«, fuhr sie errötend und ihr Gesicht an seine Brust verbergend leise fort; »und nun brechen wir bald zusammen nach Italien auf, ich sehne mich schon recht nach meiner Heimat!«

Hier hob plötzlich der Morgenwind ein gut Teil meiner Novelle aus der Rocktasche. Sie hatte sogleich die flatternden Papiere erhascht und blätterte auf ihrem Knie bald lachend, bald kopfschüttelnd darin. »Nein, nein«, sagte sie dann zu mir; »das ist nichts, schreibe lieber unsre Geschichte hier auf, die Bäume blühen ja gerade, und alle Vögel singen, soweit man hören kann.« – Und nun ging es lustig her auf dem Schlosse. Gräfin Aurora erzählte mir alles, wie es sich begeben, von Anfang bis zu Ende. Ich aber sitze vergnügt in dem prächtigen Garten, einen Teller mit frischen Pfirsichen neben mir, die sie zum Andenken mit ihren kleinen weißen Zähnchen angebissen; die Morgenluft blättert lustig vor mir in den Papieren, seitwärts weiden Damhirsche im schattigen Grunde, und indem ich dieses schreibe, ziehn unten Aurora und Willibald soeben durch die glänzende Landschaft nach Italien fort, ich höre sie nur noch von fern singen:

»Und über die Felsenwände
Und auf dem grünen Plan
Das wirrt und jauchzt ohn' Ende,
Nun geht das Wandern an!«

 tredition®

Über tredition

Eigenes Buch veröffentlichen

tredition wurde 2006 in Hamburg gegründet und hat seither mehre-re tausend Buchtitel veröffentlicht. Autoren veröffentlichen in we-nigen leichten Schritten gedruckte Bücher, e-Books und audio-Books. tredition hat das Ziel, die beste und fairste Veröffentli-chungsmöglichkeit für Autoren zu bieten.

tredition wurde mit der Erkenntnis gegründet, dass nur etwa jedes 200. bei Verlagen eingereichte Manuskript veröffentlicht wird. Da-bei hat jedes Buch seinen Markt, also seine Leser. tredition sorgt dafür, dass für jedes Buch die Leserschaft auch erreicht wird.

Im einzigartigen Literatur-Netzwerk von tredition bieten zahlreiche Literatur-Partner (das sind Lektoren, Übersetzer, Hörbuchsprecher und Illustratoren) ihre Dienstleistung an, um Manuskripte zu ver-bessern oder die Vielfalt zu erhöhen. Autoren vereinbaren direkt mit den Literatur-Partnern die Konditionen ihrer Zusammenarbeit und partizipieren gemeinsam am Erfolg des Buches.

Das gesamte Verlagsprogramm von tredition ist bei allen stationä-ren Buchhandlungen und Online-Buchhändlern wie z. B. Amazon erhältlich. e-Books stehen bei den führenden Online-Portalen (z. B. iBookstore von Apple oder Kindle von Amazon) zum Verkauf.

Einfach leicht ein Buch veröffentlichen: **www.tredition.de**

Eigene Buchreihe oder eigenen Verlag gründen

Seit 2009 bietet tredition sein Verlagskonzept auch als sogenanntes "White-Label" an. Das bedeutet, dass andere Unternehmen, Institutionen und Personen risikofrei und unkompliziert selbst zum Herausgeber von Büchern und Buchreihen unter eigener Marke werden können. tredition übernimmt dabei das komplette Herstellungs- und Distributionsrisiko.

Zahlreiche Zeitschriften-, Zeitungs- und Buchverlage, Universitäten, Forschungseinrichtungen u.v.m. nutzen diese Dienstleistung von tredition, um unter eigener Marke ohne Risiko Bücher zu verlegen.

Alle Informationen im Internet: **www.tredition.de/fuer-verlage**

tredition wurde mit mehreren Innovationspreisen ausgezeichnet, u. a. mit dem Webfuture Award und dem Innovationspreis der Buch Digitale.

tredition ist Mitglied im Börsenverein des Deutschen Buchhandels.

Dieses Werk elektronisch lesen

Dieses Werk ist Teil der Gutenberg-DE Edition DVD. Diese enthält das komplette Archiv des Projekt Gutenberg-DE. Die DVD ist im Internet erhältlich auf **http://gutenbergshop.abc.de**

MIX

Papier | Fördert
gute Waldnutzung

FSC® C083411

Zeitfracht Medien GmbH
Ferdinand-Jühlke-Straße 7
99095 Erfurt, Deutschland
produktsicherheit@kolibri360.de